人民至上

丁宗皓　田学礼——主编

辽宁人民出版社

©丁宗皓　田学礼　2024

图书在版编目（CIP）数据

人民至上／丁宗皓，田学礼主编 . — 沈阳：辽宁
人民出版社，2024.1
　ISBN 978-7-205-10915-8

　Ⅰ . ①人⋯ Ⅱ . ①丁⋯ ②田⋯ Ⅲ . ①报告文学—中
国—当代 Ⅳ . ① I25

中国国家版本馆 CIP 数据核字（2023）第 201570 号

出版发行：辽宁人民出版社
　　　　　地址：沈阳市和平区十一纬路 25 号　邮编：110003
　　　　　http://www.lnpph.com.cn
印　　刷：辽宁新华印务有限公司
幅面尺寸：185mm×260mm
印　　张：19
字　　数：405 千字
出版时间：2024 年 1 月第 1 版
印刷时间：2024 年 1 月第 1 次印刷
责任编辑：高　丹
装帧设计：丁末末
责任校对：吴艳杰
书　　号：ISBN 978-7-205-10915-8

定　　价：80.00 元

编委会

目录

根基

第一章

血脉

第二章

力量

第三章

深情

第四章

第五章

请回答

1921—2021

根基

第一章

百年征程
初心不渝

得民心者得天下，失民心者失天下。

这是人类社会历史发展的一条铁律，古今中外，概莫能外。

中国共产党历百年而常新、经风雨而不辍，根本原因就在于赢得了人民的信任，得到了人民的支持。

《辽宁日报》推出大型主题策划《人民至上》，以此向我们党的百年华诞隆重献礼。

策划共四个篇章，分别为《根基》《血脉》《力量》《深情》。四期特刊紧扣"人民至上"主题，通过挖掘史料、梳理文献、实地踏访等方式，从几个侧面生动展现我们党的百年奋斗历程。

第一篇章，以"根基"为主题。

其含义有二：

其一，为人民而生，因人民而兴，始终同人民在一起，为人民利益而奋斗，是中国共产党立党兴党强党的根本出发点和落脚点。

其二，翻开百年党史，党的章程、决议、报告……字里行间，无不深刻回答着"为了谁、依靠谁、我是谁"这一根本命题。

我们的采访，正是围绕上述维度展开。

在上海，从渔阳里到树德里，直线距离不到 800 米。老弄堂、青砖墙、石板路，我们走进《新青年》编辑部旧址、《劳动界》编辑部旧址、外国语学社旧址、中国社会主义青年团中央机关旧址，还有中共一大、二大会址，一路踏寻。党在初创时期便提出的鲜明主张——要"重视群众、发动群众"，要到群众中去组成一个大的"群众党"……今日回顾，依然铿锵。

在陕西延安，革命历史深沉厚重。我们走过黄土高原的沟沟岔岔，在党的七大会址深入采访，邀请权威专家学者介绍七大党章，体悟中国共产党"全心全意为人民服务"的郑重承诺，解读为什么"中国的希望在延安"。

在浙江嘉善，我们走进和合社区的一间展室，透过一本厚厚的社区志重回新中国成立初期。党的八大向全体党员发出号召：每一个党员必须养成为人民服务，向人民群众负责，遇事同群众商量，和群众同甘共苦的工作作风。在社会主义革命和建设时期，正是因为紧紧依靠人民群众，党和国家才能渡过一个又一个难关。

在广东深圳，在安徽芜湖，我们探寻40年前"弄潮儿"的传奇经历。改革开放的伟大决策，使人民群众的首创精神极大地迸发出来。党的十二大将"把党的正确主张变为群众的自觉行动"写入党章。那些"敢为人先"的人和事，都为"历史是由人民群众创造的"作出了最为生动的注脚。

步入新时代，站在"两个一百年"奋斗目标历史交汇点上，岁月的指针指向新的刻度。以习近平同志为核心的党中央不断深化人民在社会历史发展中的地位和作用的认识，丰富和发展了马克思主义关于人民性的思想理论，提出了以人民为中心的发展思想，并将之用于指导改革发展的实践，取得了巨大的理论成果、实践成果和制度成果。

柢固则生长，根深则视久。正如习近平总书记所强调的，江山就是人民，人民就是江山。只要不忘"根"，牢记"本"，守住"魂"，党就能够克服任何困难，就能够无往而不胜。

 **关 键 词** 到群众中去

 实地采访 上海市南昌路 100 弄 2 号中国共产党
发起组成立地（《新青年》编辑部）旧址

党创立之初
就提出"到群众中去"

提示
TI SHI
▽

中国共产党是中国工人阶级的先锋队，同时是中国人民和中华民族的先锋队。党的性质和宗旨决定了党在任何时候都把人民的利益放在第一位。可以说，从一开始，党就十分重视同人民群众的紧密结合。

播火者

在上海市黄浦区南昌路和淮海中路之间，有一片旧式石库门里弄建筑，被称作渔阳里。

当年一条贯通南北的弄堂，将渔阳里分为"老""新"两段。靠近南昌

路的一段是老渔阳里。老渔阳里不长，行百十步便可穷尽。弄堂虽小，却承载着厚重的历史。100 年前，这里聚集了一群播火者，他们传播马克思主义、组织青年团、

◀ 袁士祥

▲ 渔阳里位于上海市黄浦区南昌路和淮海中路之间，留存着建党时期的红色印记

成立工会、开办女校……他们喊出铿锵的口号：到群众中去！

"中国共产党的百年历史，就是一部党与人民群众心连心、同呼吸、共命运的历史。"中共上海市虹口区委党校原教研室主任袁士祥说，中国共产党自成立之日起，就把人民利益高于一切作为我们党一切工作的出发点和落脚点。他说："老渔阳里留存着建党时期的红色印记，它们从一个侧面展现了我们党的初心和使命。"

老渔阳里2号（今南昌路100弄2号），是中国共产党发起组成立地（《新青年》编辑部）旧址所在地，旧址内常设陈列展。与袁士祥一起，记者一边观展一边感知发生在老渔阳里2号的故事，久远的历史仿佛也鲜活起来。

"1920年4月，陈独秀搬进老渔阳里2号居住，同时迁入的还有《新青年》编辑部。"袁士祥说，"许多先进知识分子为了寻找党组织、追随《新青年》、仰慕陈独秀而来。"展厅中复原的一处场景，颇引人瞩目：墙上挂

上　渔阳里是研究中国共产党早期历史的重要地点

下　进步青年聚集在外国语学社中学习马克思主义

▶ 老渔阳里2号旧址内景—小黑板

着一块小黑板，上面用白粉笔写着"会客谈话以十五分钟为限"。"1920年8月，中共上海早期组织在老渔阳里2号正式成立。"袁士祥介绍说，"其后不久，中共第一个社会主义青年团机关，第一所培养共产主义知识分子的学校——外国语学社，在距离老渔阳里2号不远的新渔阳里成立。更多进步青年纷至沓来，陈独秀常常应接不暇，所以才在居所挂上了这样一块小黑板。"

中共一大会址纪念馆副馆长徐云根在《中国共产主义运动发祥地：上海老渔阳里2号》一文中这样描述："这里很快成为中国第一批共产党人聚会、学习和交流马克思主义，从而孕育发起中国共产党的重要场所""很多早期的共产党人都是在此确立了马克思主义信仰，走上了为共产主义奋斗的道路"。

重要共识

1920年8月15日，中国最早的宣传马克思主义的工人刊物——《劳动界》在老渔阳里2号创刊。

《劳动界》每七天出版一册，每期16页，32开本，铅字竖排。这本刊物的立场非常鲜明：

"我们印这个报，就是要教我们中国工人晓得他们应该晓得的事情"，"本报宗旨，是要改良劳工阶级的境遇的，我们很欢迎工人将自己要说的话

▲ 新渔阳里巷弄

任意投稿到本报来，本报决计赶快登载。"

"《劳动界》逐渐成为党与工人群众沟通的一座桥梁。"袁士祥说，"早期的中国共产党人以这本刊物为重要载体，启迪工人觉悟，鼓励工人阶级有组织地进行斗争。工人群众也很信赖这本通俗易懂的刊物，主动投稿，把它看作自己的喉舌。"

1920 年 11 月，党的早期组织领导的第一个工会——上海机器工会成立。成立大会召开时，有上千人参加。后来，又陆续成立了印刷工会和码头工会。

袁士祥说，那时的上海，"哪里有群众，哪里就有党员活动"，工人群众集中的地方，也是中共早期革命活动的重要播火地。"深入群众、宣传群众、组织群众、服务群众"的思想，是早期中国共产党人在上海最为重要的共识。

历史经验

"随着工会组织成立以及《新青年》《劳动界》等刊物影响力不断扩大，

▲ 中国共产党发起组成立地（《新青年》编辑部）旧址

在党的早期组织领导下的工人运动开展得如火如荼。"袁士祥说，"其中规模较大且影响深远的是上海英美烟厂工人大罢工。"

1921年7月20日，上海英美烟厂8000余名工人发起大罢工。当时，来自全国各地的中共一大代表，正会聚在白尔路389号（今太仓路127号）博文女校，准备参加即将召开的中国共产党第一次全国代表大会。得知烟厂工人罢工的消息后，代表们立即决定派李启汉对工人进行组织和指导。

这次大罢工历时三周，以工人赢得胜利告终。"上海英美烟厂大罢工，是党领导的最早的一次罢工斗争，让工人意识到了联合斗争的必要，也助推了中国劳动组合书记部的成立。"袁士祥说。为了大力开展工人运动，1921年8月11日，中国共产党成立了公开做职工运动的总机关——中国劳动组合书记部。《中国劳动组合书记部宣言》强调了工人阶级联合起来的重要性。据《上海地区建党活动研究资料》记载，在1922年1月至1923年2月间，上海工人在中国劳动组合书记部指导下发动了48次大罢工，参加罢工的人数达7万人，推动了工人运动的发展。

"1920年，上海已经成为马克思主义在中国早期传播的一个重要阵地，也是党的群众路线思想的宣传中心，而老渔阳里2号可以说是'心脏'。"袁士祥进一步阐释说，"早期中国共产党人从这里出发积极探索，收获了重要的历史经验。"后来，党的一大通过的《中国共产党纲领》第三条明确提出："要把工人、农民和士兵组织起来。"党的二大通过的《关于共产党的组织章程决议案》明确指出："党的一切运动都必须深入到广大的群众里面去。"由此可见，中国共产党从创立之初便将"群众"这一概念明确写入党的决议，并在实践中注意保持我们党同人民群众的密切联系。

史说
SHI SHUO
▽

中国共产党成立之初，就提出为无产阶级和劳苦大众的利益而奋斗的目标。从党的一大到六大，党始终明确，党的任务是为中国广大人民群众的利益而奋斗，革命活动必须联系群众、发动群众。

要把工人、农民和士兵组织起来。

——《中国共产党纲领（俄文译稿）》
（1921年中国共产党第一次全国代表大会通过）

我们既然是为无产群众奋斗的政党，我们便要"到群众中去"，要组成一个大的"群众党"。

——《关于共产党的组织章程决议案》
（1922年中国共产党第二次全国代表大会通过）

拥护工人农民的自身利益是我们不能一刻忽忘的。

——《中国共产党第三次全国代表大会宣言》
（1923年中国共产党第三次全国代表大会通过）

中国共产党与工人阶级要领导中国革命至于成功，必须尽可能地、系统地鼓动并组织各地农民逐渐从事经济的和政治的争斗。没有这种努力，我们希望中国革命成功以及在民族运动中取得领导地位，都是不可能的。

——《对于农民运动之议决案》

（1925 年中国共产党第四次全国代表大会通过）

支部是党与群众直接发生关系的组织。

——《中国共产党第三次修正章程决案》

（1927 年 6 月 1 日）

深入到群众中去，把党的影响到群众中去扩大，同时把群众的意识正确的反映到党里来，使党成为真正群众的党。

——《中共六大告全体同志书》

（1928 年 11 月 11 日）

| 扫码参观 |
中国社会主义青年团
中央机关旧址纪念馆云参观

| 扫码参观 |
外国语学社旧址
云参观

关 键 词　人民军队

 实地采访　福建省龙岩市上杭县古田镇古田会议旧址

党领导红军为人民而战

提示
TI SHI
▽

　　1927 年 8 月至 1937 年 7 月，党在探索和开辟中国革命道路的过程中，面对异常残酷的斗争形势。党领导下的红军，要生存、要打仗，必须紧紧依靠人民群众，赢得人民群众的支持。这一时期召开的古田会议，初步回答了如何建设一支无产阶级领导的新型人民军队的问题，在党的历史上，在人民军队建设的历史上，具有极其重要的历史地位。

为了统一思想

　　古田会议会址位于福建省龙岩市上杭县古田镇采眉岭笔架山下。这里青山掩映，花海斑斓，"古田会议永放光芒"八个大字矗立山脚，彰显着这处革命圣地的熠熠光辉。

　　1929 年 12 月召开的古田会议，在党的历史上，在人民军队建设的历史上，具有十分重要的意义，产生了极其深远的影响。它确立了党对人民军队的绝对领导，初步回答了在农村进行革命战争的环境下，在以农民为主要成分的情况下，如何保持党的无产阶级先锋队性质，如何建设一支新型人民军队的问题。

　　古田会议纪念馆里，陈列着一张《红军第四军司令部布告》。这张布告

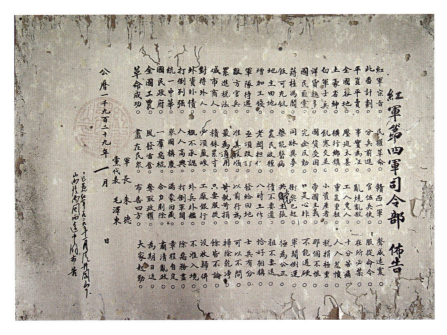

▲《红军第四军司令部布告》

写于 1929 年初，毛泽东、朱德率领红四军主力下井冈山，向赣南、闽西挺进。布告结尾处写着"革命成功，尽在民众"，这八个字突出展现了人民群众在中国革命中的地位和作用。

毛泽东一直高度重视群众工作，在领导创建井冈山和中央革命根据地的过程中，他多次强调要深入群众、动员群众、组织群众、宣传群众、教育群众、依靠群众、尊重群众、关心群众。当时，对红军是否要做群众工作，群众工作在党内和红军中处于什么样的地位等问题，党内和红军中的认识并不统一。这些问题直接涉及红军的性质，涉及军事和政治的关系，涉及红军应该采取什么样的战略战术等问题。正是为了说明和解决这些问题，毛泽东提出和阐发了党的群众路线的思想观点。

1929 年 9 月，中共中央发出给红四军前委指示信（即"九月来信"），提出了党和军队建设的一系列重要原则意见，

上　古田会议会址

下　红四军军旗

表明了对毛泽东正确主张的支持。来信三次提到"群众路线"，即筹款工作要"经过群众路线"，没收地主豪绅财产要"经过群众路线"，红军给养及需用品问题也要"渐次做到由群众路线去找出路"。根据中央精神，毛泽东决定开展红四军整训，并准备召开红四军党的第九次代表大会。

红军的任务

红四军党的第九次代表大会，因在古田召开，又称"古田会议"。

在古田会议纪念馆里，有一座大型雕塑，名为《毛泽东伏案起草古田会议决议》。雕塑再现了毛泽东为会议起草八个决议案的历史场景。

1929年12月，毛泽东、朱德率红四军进驻连城新泉，深入连队和附近农村调查研究，进行政治整训和军事整训，使全军官兵的思想达到初步统一，为古田会议的召开铺平了道路。整训期间，毛泽东常常笔耕至深夜，在一盏油灯微弱的光亮下，写出了《中国共产党红军第四军第九次代表大会决议案》草案初稿。

1929年12月28日至29日，古田会议胜利召开。会议期间，毛泽东作政治报告，朱德作军事报告，陈毅传达中央指示信。大会经过热烈讨论，一致通过了毛泽东代表前委起草的3万余字的八个决议案，总称《中国共产党红军第四军第九次代表大会决议案》。决议案强调："红军是一个执行革命的政治任务的武装集团"，"红军绝不是单纯地打仗的，它除了打仗消灭敌人军事力量之外，还要担负宣传群众、组织群众、武装群众、帮助群众建立革命政权以至于建立共产党的组织等项重大的任务"，"一切工作在党的讨论和决议以后，再经过群众路线去执行。"

开创新局面

古田会议结束后，红四军离开古田转战赣南，毛泽东写下《如梦令·元旦》，以"山下山下，风展红旗如画"预示中国革命高潮必将到来的美好前景。

此后，毛泽东在指导中央苏区工作时，继续反复阐述关心群众利益、改善群众生活的重要意义。1934年1月，他在《关心群众生活，注意工作方法》一文中指出："革命战争是群众的战争，只有动员群众才能进行战争，只有依靠群众才能进行战争"，"真正的铜墙铁壁是什么？是群众，是千百万真心实意拥护革命的群众。"这些论述，深刻揭示了人民群众所蕴含的巨大力量。

这一时期，党进一步认识到人民群众的重要性，在宣传群众、动员群众和依靠群众方面所达到的深度和广度，是前所未有的。

在行军途中，红军每到一处都积极面向群众宣传党的纲领和政策，通过标语、口号、图画、歌谣、讲演等老百姓喜闻乐见的方式传播革命道理。党的各种会议，经常研究和讨论动员群众的方法，利用共青团、妇女会、少年队、儿童团等组织把广大群众紧密团结在周围。党员干部经常深入基层，倾听群众心声，关心群众疾苦，解决实际问题，与人民群众同呼吸、共命运，极大调动了人民群众的革命热情。

史说
SHI SHUO
▽

留款信

写于福建省漳平市杨美村一处老民宅墙壁上的红军留款信。

"老板：你不在家，你的米我买了廿六斤，大洋二元，大洋在观泗老板手礼（里）。红军"。古田会议纪念馆里陈列着一封红军留款信。这封信原写于福建省漳平市杨美村一处老民宅的墙壁上。

1929年8月，朱德率领红四军第二、三纵队向闽中进军。行军途中经过杨美村，由于敌人散布流言，对红军进行造谣污蔑，村里的老百姓拉家带口躲进了深山。

为了补充给养，红军遍寻全村，终于找到了一位腿脚不便的老人苏观泗。红军向老人解释红军的宗旨、任务和纪律，请他帮忙买粮。消除

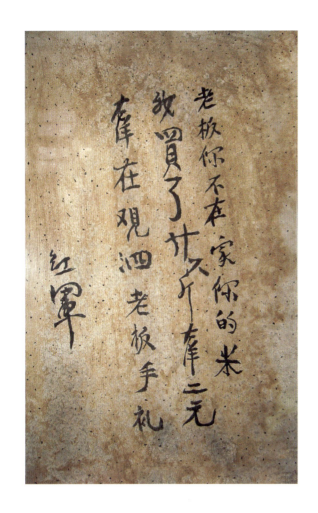

老板你不在家你的米
故買了廿六斤共二元
韋在观泗老板手礼

红军

顾虑的苏观泗把红军带到堂弟苏和的家中，并找到了一缸大米。经过苏观泗同意，红军战士以高于市价的二元大洋价格买下 26 斤大米，请苏观泗转交米款给苏和。离开杨美村前，红军在苏和家的墙壁上写下了这封留款信。

新中国成立后，经当地政府和群众的努力，这封红军留款信得到了修缮和保护。如今，它的复制件陈列在中国人民革命军事博物馆和古田会议纪念馆中，是红军严格遵守"三大纪律八项注意"的珍贵物证。

◀ 红军留款信

关 键 词 文学艺术都是为人民大众的

实地采访 陕西省延安市延安文艺纪念馆

党确定文艺
为人民大众的方向

提示
TI SHI
▽

在抗日战争时期，我们党始终坚信中国是有力量进行抗战并取得最终胜利的，而这种力量最深厚的根源存在于广大人民群众之中。这一理念在革命文艺创作中同样得到了贯彻。1942 年 5 月，延安文艺座谈会召开，会议系统阐明了革命文艺为人民群众首先是为工农兵服务的根本方向，强调党的文艺工作者在创作中不能脱离群众，必须增进与人民群众的感情，贯彻全心全意为人民服务的宗旨。

一支"拿笔的军队"

在延安文艺纪念馆参观，最让人动容的是一组题为《奔赴延安》的雕塑作品：几位风尘仆仆的年轻人正朝着延安的方向行进，最前面的人已经走到了宝塔山下，他跪在地上，激动地捧起延安的泥土亲吻着……

这一场景，在当时的延安经常发生，正如当时年轻的诗人何其芳在《我歌唱延安》一文中所写："延安的城门成天开着，成天有从各个方向走来的青年，背着行李，燃烧着希望，走进这城门。"

然而，文艺家们的创作很快就有了"水土不服"的问题：文艺工作者因创作思想的不同而产生为文艺而文艺、向心力不足等现象，艺术创作不

▲ 延安文艺座谈会指明了文艺创作的方向

接地气，老百姓不爱看，也看不懂。而当时的战争形势又急需一大批政治站位高，能够鼓舞根据地群众革命热情、激发前方将士奋勇杀敌的优秀作品。

延安文艺座谈会成为纠正文艺界种种偏向的重要关节点。1942 年 5 月 2 日至 23 日，延安文艺座谈会在延安杨家岭召开。毛泽东在座谈会上的讲话，解决了文艺是为什么人服务的问题以及怎样为人民服务的问题，鲜明地提出了"我们的文学艺术都是为人民大众的，首先是为工农兵的，为工农兵而创作，为工农兵而利用"。他在讲话中将文艺工作者比喻成一支"拿笔的军队"："我们要战胜敌人，首先要依靠手里拿枪的军队。但是仅仅有这种军队是不够的，我们还要有文化的军队，这是团结自己、战胜敌人必不可少的一支军队。"

拜广大劳动人民为师

延安文艺座谈会结束后，毛泽东又于 1942 年 5 月 28 日和 30 日分别在中央学习组会议上和鲁艺就文艺问题发表了讲话，号召知识分子走出"小鲁艺"，融入"大鲁艺"，也就是投入到工农兵的生活和斗争当中，拜广大

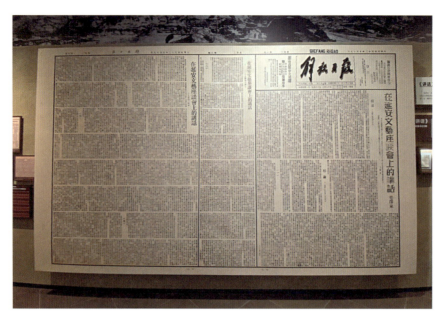

▲ 1943年10月19日，解放日报全文发表《在延安文艺座谈会上的讲话》

劳动人民为师。

从此，艺术家们擎起"文艺为群众"的大旗，把身子扑下去，深入到火热的生活中。解放区文艺出现了创作高潮，一大批"新的人民的文艺"作品自此诞生。长篇小说《太阳照在桑干河上》《暴风骤雨》《李家庄的变迁》，长篇叙事诗《王贵与李香香》，新秧歌剧《兄妹开荒》《夫妻识字》，新歌剧《白毛女》，歌曲《东方红》《南泥湾》等，内容贴近现实，形式喜闻乐见，一经演出广受群众欢迎。

如何评价毛泽东《在延安文艺座谈会上的讲话》（以下简称《讲话》）对解放区文艺产生的影响？沈阳师范大学文学院院长、教授胡玉伟说："《讲话》对解放区的文艺来说无疑是纲领性的文献，它的发表作为一个重大的历史事件，标志着解放区文艺秩序的最终确立，同时也集中体现了中国共产党关于未来文艺形态的思考。"《讲话》发表之后，文艺家的历史身份得以重塑，同时，解放区文艺在具体形态上的建构，也随着对《讲话》精神的实践，发生了深刻改变，从而进一步完备和成熟，呈现出与其他政治区域文艺差异日益明显的特殊品格。

"为什么人"的问题解决了

《讲话》的影响远远超出了文艺领域。1943年10月19日,《讲话》在解放日报全文发表。中央总学委发出通知,指出《讲话》"是中国共产党在思想建设、理论建设事业上最重要的文献之一,是毛泽东同志用通俗的语言所写的马列主义中国化的教科书。此文件决不是单纯的文艺理论问题,而是马列主义普遍真理的具体化,是每个共产党员对待任何事物应具有的阶级立场,与解决任何问题应具有的辩证唯物主义历史唯物主义思想的典型示范。各地党组织收到这一文章后,必须当作整风必读的文件,找出适当的时间,号召在干部和党员中进行学习"。

胡玉伟说:"长征的结束,使得西北成为中国革命的大本营。革命中心的转换不仅意味着一个新空间的创造,也意味着新的时间的开始。"毛泽东在《讲话》中明确地指出了这种空间位移的时间意义:"同志们很多是从上海亭子间来的;从亭子间到革命根据地,不但是经历了两种地区,而且是经历了两个历史时代……到了革命根据地,就是到了中国历史几千年来空前未有的人民大众当权的时代。我们周围的人物,我们宣传的对象,完全不同了。过去的时代,已经一去不复返了。"空间上的中心意识蕴藏着鲜明的历史内涵,支撑着它的是一种建立新中国、创造新历史的崇高感和神圣感。在这样一个宏大历史进程中,把握住前进方向、寻找到自己的正确定位,实现思想的深刻、全面转变,是当时所有文艺家面临的历史必然性选择。

胡玉伟认为,毛泽东并没有将文艺仅仅当成文艺本身,文艺家们的创作也不再是单纯的个人行为,而是与创造历史的行为融为一体。正如《讲话》中所说:革命文艺"是对于整个机器不可缺少的齿

◀延安文艺纪念馆内展示的作品墙

轮和螺丝钉，对于整个革命事业不可缺少的一部分。"有此历史感，《讲话》接下来所提出的文艺"为什么人"的问题就顺理成章。《讲话》凸显了"人民"本位的文艺价值取向，颠覆了文艺被少数人所垄断的历史。唯物史观认为，人民是推动历史发展的主要力量，因此，文艺作为新的历史行为的参与者，只有将自身的服务目标确定在历史的主体——人民大众的身上才能发挥出真实的效力。

"为什么人"的问题解决了，接着的问题就是如何去服务。毛泽东提出了"普及"和"提高"的问题："所谓普及，也就是向工农兵普及，所谓提高，也就是从工农兵提高。"胡玉伟认为，"实践的文艺"的观念是《讲话》的精神核心。毛泽东为文艺工作者指出一条获得新生之路，那就是走向民间，与工农兵相结合，与革命实践相结合。

史说
SHI SHUO
▽

从陕北到东北

延安文艺纪念馆正门前广场的地面上，呈放射状刻下鲁艺在抗战胜利后一些主要传承单位的名字：中央美术学院，中央音乐学院，中央戏剧学院，中国歌剧舞剧院，北京电影学院，北京电影制片厂，长春电影制片厂……这其中，鲁迅美术学院、沈阳音乐学院、辽宁人民艺术剧院赫然在列，而且就在正门前最前列。

1945年8月，日本投降后，中共中央决定延安鲁艺迁往东北办学。出发前，周

▲ 1945年9月12日离延奔赴新解放区（华北文艺工作团）成员有：艾青，江丰，舒强等

▲ 1948年鲁艺复校时，同学们动手制作校名牌匾

恩来勉励北上的鲁艺队伍说："你们到一个地方必须生根开花，联系那里的群众，必须按照当地老百姓喜闻乐见的文艺形式，进行艺术宣传工作。"

延安革命文艺的精神和传统，从延安来到东北，走向更广大的群众中。

从此，1946年至1948年，鲁艺在东北组成5个文工团，跟随部队辗转各地，战场前线，敌占区，都有他们的身影。他们走上前线参加战斗宣传、慰问演出；深入解放区民众中间，用百姓喜爱的秧歌剧、拉洋片儿等方式宣传土地改革；深入工厂车间，向工农兵学习并体验生活……他们用表演、用画笔、用乐曲去表现普通劳动者，真诚又热烈地解决文艺"为什么人"的问题。

作家周立波、马加深入东北解放区土改斗争，创作出《暴风骤雨》《江山村十日》等经典作品；作家草明在镜泊湖发电厂，创作出新中国第一部反映工人阶级斗争风貌的经典作品《原动力》；音乐家马可在佳木斯热电厂创作出歌曲《咱们工人有力量》，坚实有力的唱腔，豪迈热烈的旋律，成功地塑造出工人群体顶天立地的形象……

1948年11月2日，沈阳解放，东北鲁艺文工团随部队进入沈阳，成立东北鲁迅文艺学院，即今日的鲁迅美术学院，沈阳音乐学院和辽宁人民艺术剧院，文艺为人民服务的火种在辽宁传承，并被输送到全国各地，最终形成燎原之势。

| 扫码参观 | 扫码观看 |
| 延安文艺纪念馆 | 鲁艺在东北 |

◀ 鲁迅艺术文学院旧址

关 键 词 全心全意为人民服务

 实地采访 陕西省延安市杨家岭革命旧址

"为人民服务"首次写入党章

提示
TI SHI
▽

1944年9月8日，毛泽东参加战士张思德的追悼会并即兴发表了《为人民服务》的著名演讲。次年，中国共产党第七次全国代表大会在延安召开，毛泽东致开幕词时告诫全党："我们应该谦虚，谨慎，戒骄，戒躁，全心全意地为中国人民服务。"党的七大通过的党章明确指出："中国共产党人必须具有全心全意为中国人民服务的精神，必须与工人群众、农民群众及其他革命人民建立广泛的联系。"

杨家岭的早晨

清晨，陕西省延安市杨家岭革命旧址正门前停满了送孩子的私家车，紧邻的宝塔区第一幼儿园和杨家岭福州希望小学里，孩子们在校园里做操、晨跑。这情景让人一下子想到了很多年前的一篇小学课文《杨家岭的早晨》：

"太阳刚刚升起。毛主席走出窑洞，来到他亲手耕种的地里。毛主席一手扶着水桶，一手拿着瓢。瓢里的水缓缓地流到小苗上。毛主席身边的小八路端着水，望着小苗笑。他好像在说：'小苗啊小苗，你喝了延河的水，长吧，快长吧！'……杨家岭的早晨，一片金色的阳光。"

这片金色的阳光，照在小树上，照在孩子们的身上，也一直照亮着红

▲ 中共七大代表走进会场

色中国的光明之路。

　　走进杨家岭革命旧址中央大礼堂，简陋的条桌和木椅，依旧鲜艳的党旗……所有陈设一如 76 年前。1945 年 4 月 23 日，就是在这里，中国共产党第七次全国代表大会召开。

　　毛泽东指出："全心全意地为人民服务，一刻也不脱离群众；一切从人民的利益出发，而不是从个人或小集团的利益出发；向人民负责和向党的领导机关负责的一致性。这些就是我们的出发点。""应该使每个同志明了，共产党人的一切言论行动，必须以合乎最广大人民群众的最大利益，为最广大人民群众所拥护为最高标准。"由此，党的七大正式把"为人民服务"的思想写进党章，第一次明确了"全心全意为人民服务"是中国共产党的根本宗旨，使之成为中国共产党一切行动的指南，"密切联系群众"作为我党的三大作风之一传承至今。

共产党人为什么而活

中国延安干部学院教授王东仓在采访中说，党的七大响亮地提出了"全心全意为中国人民服务"的宗旨，事实上，为人民服务始终就是中国共产党的逻辑起点和价值归宿。

中国共产党是靠马克思主义理论建立起来的政党，《共产党宣言》中写道："过去的一切运动都是少数人的或者为少数人谋利益的运动。无产阶级的运动是绝大多数人的、为绝大多数人谋利益的独立的运动。"这就从理论根源上明确了我们党是为什么人的问题。

延安时期是毛泽东群众路线思想的成熟期。

1938年，毛泽东在延安接受美国记者洛基采访时说："我们的工作不是享乐，而是为大众服务。"

1942年，为解决知识分子和文艺战线为什么人的问题，毛泽东在延安文艺座谈会上的讲话中明确提出了文艺应该为人民服务的思想。

1944年，在为张思德举行的追悼会上，毛泽东发表演讲，第一次全面、系统地阐述"为人民服务"的思想，把为人民服务上升到共产党的三观问题，共产党人为什么而活，怎样活着才有意义？价值之问是终极之问，为人民利益而死，就比泰山还重。这就有了实践的逻辑。

再到七大上提出了"全心全意为人民服务"的宗旨并正式写入党章。"一部党章，一部党史，就是一部为人民服务的历史。"王东仓说。

中国的希望在延安

1940年5月31日至6月8日，著名民主人士陈嘉庚在延安度过了难忘的9天。离开后，他怀着"喜慰莫可言喻，如拨云雾而见青天"的心情，热情地向国内外宣传自己在延安的所见所闻，"中国的希望在延安"，他走

▲ 党的七大会址礼堂

一路说一路。

陈嘉庚为什么会有如此观感？中国共产党人良好的作风与和谐的党群关系无疑是重要的一点。王东仓说，最理想的党群关系是什么？就是要看人民群众愿意不愿意成为党和人民军队的靠山，把我们党的旗帜当作自己的生命。

在杨家岭中央大礼堂关于七大的展板上，与众多党和军队领导人的照片摆放在一起的，还有两位普通基层代表的照片，其中一位是工人代表、陕甘宁边区特等劳动英雄赵占魁。赵占魁是延安温家沟农具厂工人，他以工人阶级当家做主的精神，埋头苦干，钻研技术，对克服战时供给困难起到了有力的推动作用。

王东仓介绍，延安时期，我党完善了一系列联系服务群众的制度，最有效的工作方法就是群众路线，从群众中来，到群众中去，和群众打成一片，彻底依靠群众战胜一切困难。赵占魁等普通基层代表的出现，从一个侧面证明了延安时期我党践行全心全意为人民服务宗旨和群众路线的成果。

延安时期是抗战最艰苦的时期，为了革命事业，为了抗日，要向老百姓征公粮，这就存在一个救国公粮和救民私粮的问题。毛泽东曾批评说：有些干部把90%的精力放在收缴公粮上，这是不对的，要把这个"给"与"要"的关系处理好，用90%的精力去帮助老百姓发展救民私粮，开荒，搞合作社、扎工队、变工队，改进生产关系，大力发展生产，组织开荒，改造二流子，让百姓过上丰衣足食的日子。生产上去了，群众交公粮就变成了自觉行动。从主动要到主动给，就是因为我们的党把群众需要的救民私粮、民生幸福当作工作的重点。

延安时期，人民群众为什么会成为党的依靠？毛泽东在《论联合政府》中说得很清楚："应该使每个同志明了，共产党人的一切言论行动，必须以合乎最广大人民群众的最大利益，为最广大人民群众所拥护为最高标准。应该使每一个同志懂得，只要我们依靠人民，坚决地相信人民群众的创造力是无穷无尽的，因而信任人民，和人民打成一片，那就任何困难也能克服，任何敌人也不能压倒我们，而只会被我们所压倒。"

王东仓说，陕甘宁边区的实践，对我们今天的启示，就是要把握好公与私、义与利、苦与乐的关系，吃苦在前、享受在后，先公后私，义为上，守公德、严私德、明大德。始终要以群众高兴不高兴、满意不满意、答应不答应作为检验工作成效的根本标准。正如习近平总书记所说："人民拥护和支持是党执政的最牢固根基"，"人民对美好生活的向往，就是我们的奋斗目标。"

史说
SHI SHUO
▽

这是宗旨

在杨家岭中央大礼堂，记者巧遇几位来自河南荥阳市大庙村的参观者。

他们都姓靖，三个堂兄弟，带着两个侄子，趁着农闲，由侄子开车来一次自助游。

这次旅游，有一个重要的目的地：红色圣地延安。

在中国共产党成立100周年之际，他们想到延安"看看毛主席"，重温革命历史。

来到延安，他们在党的七大会址看得非常仔细，逐字阅读介绍七大会议的文字，还时不时发出感慨，互相议论一番。

代表开会、活动的几张照片引起了他们的注意："你看他们的衣服，多朴素！""这几个人一看就跟我们一样，也都是农民。""为啥农民都拥护共产党呢？因为共产党领导农民翻身做主人。"

这 5 个老伙伴，年龄都在 50 岁以上了，72 岁的靖德润是整个"旅行团"的团长，一位有着 44 年党龄、当了 40 多年村干部的老党员："我们对延安的感情特别深，对毛主席感情特别深，因为他的心里一直装着老百姓。改革开放以后，国家发生了翻天覆地的变化，这几年，在习近平总书记的领导下，咱们的日子更是芝麻开花节节高。能过上今天的好日子，必须感谢共产党！"

说起当村干部的经历，靖德润很骄傲。

记者问老人："当村干部，群众拥护你不？"

老人说："不拥护的话，我能干 40 多年？"

记者问："为啥拥护你？"

老人说："就是为老百姓办实事呗。百姓无小事，群众有啥需求，咱都得认认真真去做。吃苦在前，享受在后，办事要公正，不能有私心。全心全意为人民服务，这是咱们的宗旨。"

| 扫码参观 |
杨家岭中共七大会址

◀ 党的七大会址位于陕西省延安市杨家岭

关 键 词 两个务必

实地采访 河北省石家庄市平山县西柏坡镇西柏坡村

赶考永远在路上

提示
TI SHI
▽

人民解放战争的顺利发展，使中国共产党的队伍空前壮大。随着三大战役胜利结束，我们党将从领导人民为夺取全国政权而奋斗的党，成为领导人民掌握全国政权并长期执政的党，党的工作重心也将由乡村转移到城市。1949 年 3 月，党在西柏坡召开七届二中全会，向全党提出了"两个务必"的重要思想。目的是使党经受住革命胜利和执政的考验，进一步密切党同人民群众的血肉联系。

为全党敲响警钟

坐落在太行山东麓、滹沱河北岸西柏坡岭下的西柏坡村，在 1947 年 5 月至 1949 年 3 月，是中共中央工作委员会、中共中央和解放军总部所在地，党中央进入北平、解放全中国的最后一个农村指挥所。

西柏坡中共中央旧址的饭堂面积不大，平时兼做开会之用。1949 年 3 月 5 日至 13 日，在党史上写下浓重一笔的七届二中全会就在这里召开。

此时，距离党的七大已经过去了将近 4 年的时间。4 年间，形势发生了巨大变化。

随着人民解放战争的胜利发展，党员总数从 1945 年的 120 多万名发展

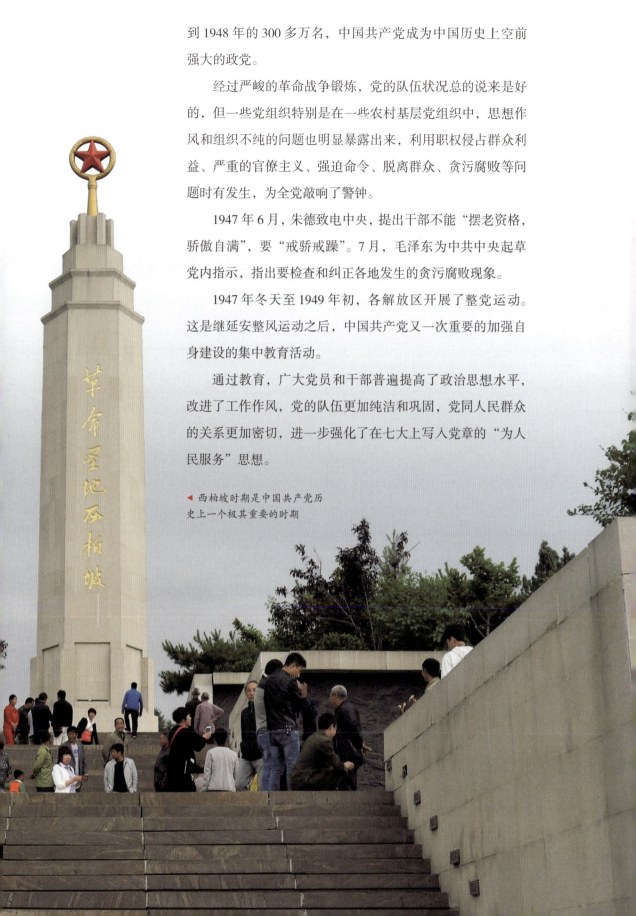

到 1948 年的 300 多万名，中国共产党成为中国历史上空前强大的政党。

经过严峻的革命战争锻炼，党的队伍状况总的说来是好的，但一些党组织特别是在一些农村基层党组织中，思想作风和组织不纯的问题也明显暴露出来，利用职权侵占群众利益、严重的官僚主义、强迫命令、脱离群众、贪污腐败等问题时有发生，为全党敲响了警钟。

1947 年 6 月，朱德致电中央，提出干部不能"摆老资格，骄傲自满"，要"戒骄戒躁"。7 月，毛泽东为中共中央起草党内指示，指出要检查和纠正各地发生的贪污腐败现象。

1947 年冬天至 1949 年初，各解放区开展了整党运动。这是继延安整风运动之后，中国共产党又一次重要的加强自身建设的集中教育活动。

通过教育，广大党员和干部普遍提高了政治思想水平，改进了工作作风，党的队伍更加纯洁和巩固，党同人民群众的关系更加密切，进一步强化了在七大上写入党章的"为人民服务"思想。

◀ 西柏坡时期是中国共产党历史上一个极其重要的时期

▲ 大型浮雕《新中国从这里走来》

到 1949 年 1 月底，辽沈、淮海、平津三大战役已经胜利结束，新民主主义革命在全国的胜利指日可待。中国共产党将从领导人民为夺取全国政权而奋斗的党，成为领导人民掌握全国政权并长期执政的党。党的工作重心将由乡村转移到城市。

这样，如何跳出"其兴也勃焉，其亡也忽焉"的历史周期率问题就尖锐地提上了党的议事日程。这正是七届二中全会召开的大背景。

毛泽东在会上所做的工作报告中，向全党提出了"两个务必"的思想，他在讲话中指出：

"因为胜利，党内的骄傲情绪，以功臣自居的情绪，停顿起来不求进步的情绪，贪图享乐不愿再过艰苦生活的情绪可能生长"，"夺取全国胜利，这只是万里长征走完了第一步。如果这一步也值得骄傲，那是比较渺小的，更值得骄傲的还在后头"，"中国的革命是伟大的，但革命以后的路程更长，工作更伟大、更艰苦"，"务必使同志们继续地保持谦虚、谨慎、不骄、不躁的作风，务必使同志们继续地保持艰苦奋斗的作风"。

坚持"两个务必"使党经受了革命胜利和执政的考验，进一步密切了党同人民群众的血肉联系。

永不过时的教材

在西柏坡参观，最深的一个印象是，当时的我党中央机关办公场所和领导人的工作和生活条件非常艰苦。

西柏坡中共中央旧址，一间间土墙泥顶的小平房中，没有华丽的装饰和多余的物品，办公生活用品一概朴素整洁。毛泽东当时所住的房子，不过是13.6平方米的斗室，室内的家具不过一张书桌、一张床和一个躺椅。

党的领导干部艰苦朴素的工作作风由此可见。

西柏坡纪念馆副馆长段彦峰在接受记者采访时首先提出了这样一个问题：在关于西柏坡时期的叙事中，总有人会有意无意地把当时的生存环境、生活条件写得非常艰苦，好像越艰苦越伟大。但这也总会引得参观者提出一个疑问，生活条件已经明显改善的今天，我们不可能故意去过那般艰苦的生活。那么，怎么在今天的生活条件之下保证一个共产党员仍然拥有艰苦奋斗的精神并以此来完善自己的道德修养和自律意识呢？

段彦峰认为，西柏坡时期是中国共产党历史上一个极其重要的时期，是中国共产党取得中国革命胜利最辉煌的时期，同时也是经受执政考验的关键时期。

西柏坡精神和"两个务必"是一笔宝贵的精神财富，是教育党员干部的一本永不过时的教材，对中国共产党具有特殊的重要意义。

继续把"考试"考好

1949年3月23日，在党的七届二中全会结束后第十天，中共中央和解放军总部就要离开西柏坡，迁往北平了。

毛泽东对大家说："今天是进京赶考的日子。我们就要进北平了，我们进北平可不是李自成进北平，他进北平就腐化了。我们共产党人进北平是要继续干革命，建设社会主义，一直到实现共产主义。我们决不当李自成，我们一定要考出好成绩。"

2013年7月11日，习近平总书记在西柏坡调研时指出，在中国革命即将取得全国胜利之际，毛泽东同志在党的七届二中全会上向全党郑重提出"两个务必"，是经过了深入思考的。这里面，包含着对我国几千年历史上治乱规律的深刻借鉴，包含着对我们党艰苦奋斗历程的深刻总结，包含着对胜利了的政党永葆先进性和纯洁性、对即将诞生的

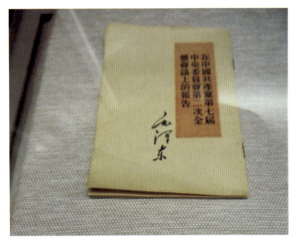

▲ 毛泽东《在中国共产党第七届中央委员会第二次全体会议上的报告》

人民政权实现长治久安的深刻忧思，也包含着对我们党坚持全心全意为人民服务根本宗旨的深刻认识，思想意义和历史意义十分深远。

习近平总书记说："当年党中央离开西柏坡时，毛泽东同志说是'进京赶考'。60多年过去了，我们取得了巨大进步，中国人民站起来了，富起来了，但我们面临的挑战和问题依然严峻复杂，应该说，党面临的'赶考'远未结束""从实现'两个一百年'目标到实现中华民族伟大复兴的中国梦，我们正在征程中。'考试'仍在继续，所有领导干部和全体党员要继续把人民对我们党的'考试'、把我们党正在经受和将要经受各种考验的'考试'考好，努力交出优异的答卷"。

不忘初心，走好新时代的长征路，赶考永远在路上。

史说
SHI SHUO
▽

入城守则

记者在西柏坡纪念馆采访期间，听到一个关于"搬家"的小故事。

1949年春，七届二中全会结束后，中共中央机关要迁往北平（今北

京）。专门成立的中央转移委员会对"搬家"的具体事宜作出详细规定。例如，不准个人拿粮票和小米换取细粮等物品；不得私自动员群众的牲口、担架、民夫；尊重沿途老百姓的风俗习惯；宿营时不要用老百姓的水，用水必须自己去挑；在任何情况下不得与老百姓发生争吵。

纪律严明，是解放战争时期，各大城市的老百姓对人民解放军最深刻的印象。随着人民解放军不断攻克大城市，制定严格的入城纪律成为当务之急。1947年10月10日，中国人民解放军总部发布《关于重新颁布三大纪律八项注意的训令》，强调"一切行动听指挥""不虐待俘虏""不拿群众一针一线"等。

1948年11月2日，在沈阳解放的欢呼声中，我党向沈阳市各阶层"约法八章"，在保护民生和群众利益方面做出了详细的规定，布告的结尾声明我军"为人民利益奋斗，纪律严明，公买公卖，不取民间一针一线"。"约法八章"极大地起到了稳定人心的作用。

1949年4月25日，在"沈阳经验"的基础上，毛泽东、朱德发布了《中国人民解放军布告》，宣布了新的"约法八章"。

1949年5月，上海解放前夕，上海军事管制委员会主任陈毅要求在起草《入城守则》时写上："不入民宅。没有找到营房之前一律睡马路。"解放上海的战斗结束以后，上海市民清晨出门，发现成千上万的解放军指战员手握枪支整齐地睡在马路上，无不受到极大的感动。

时任浙江大学校长的竺可桢在5月27日的日记中写道："解放军之来，人民如大旱之望云霓，希望能苦干到底，不要如国民党之腐败。"

这段话确切地揭示了旧中国是怎样灭亡、新中国是怎样诞生的深刻道理，胜利进军的共产党人，始终把群众利益，把与人民群众的血肉联系记在心上。

◀ 人民解放军在解放上海战斗结束后，不住民房，睡马路

 关 键 词　密切联系群众

 实地采访　浙江省嘉兴市嘉善县罗星街道和合社区

每一个党员
必须向群众负责

　　1956 年 9 月，中国共产党第八次全国代表大会在北京召开，这是党取得全国执政地位后召开的第一次全国代表大会。党的八大通过的《中国共产党章程》指出，中国共产党已经是执政的党，因此特别应当注意谦虚谨慎，戒骄戒躁，并且用极大的努力在每一个党组织中，在每一个国家机关和经济组织中，同脱离群众、脱离实际生活的官僚主义现象进行斗争。

一切从实际出发

　　盛伟民戴着一副花镜、盯着桌案上一本厚厚的社区志，阅读停顿之处，还不时地添上几笔。看到记者进来，他撂下笔，摘掉眼镜，展了展衣襟，招了招手。

　　这位头发有些花白的"老头儿"有着多重身份，是浙江省嘉兴市嘉善县罗星街道和合社区文化礼堂的理事长，是社区文艺队的带头人，是原和合村村干部，也是

▲ 盛伟民是原和合村村干部，也是《和合社区志》的主编

▲ 和合调查大事记

《和合社区志》的主编。

400多页的《和合社区志》里，名为"和合调查专记"的篇章占据了全书的五分之一。"这一章很重要，它记录了60年前中央调查组到和合生产队开展农村调查的历史。"盛伟民说，"那次的浙江调查足足有100天。"

"和合调查"始于1961年1月。关于开展此次调查的背景，还要从党的八大说起。

邓小平在党的八大作修改党章报告时明确阐述，党的全部任务就是全心全意地为人民群众服务，每一个党员必须养成为人民服务、向群众负责、遇事同群众商量、同群众共甘苦的工作作风。同时，党的领导工作能否保持正确，取决于能否采取"从群众中来，到群众中去"的工作方法。

1957年，新中国第一个五年计划超额完成，提振了党和人民继续建设社会主义的磅礴气势，但同时，部分领导干部滋生骄傲自满的情绪，忽视经济规律，急于求成。违背自然规律和经济规律的苦干蛮干，挫伤了人民群众的积极性，也损害了人民群众的实际利益。从1958年11月开始，党中央领导全党作了许多努力，纠正已经觉察到的错误。

1960年12月24日至1961年1月13日，中共中央在北京召开工作会议，毛泽东号召全党，一切从实际出发，从人民群众的实际出发，要求1961年成为实事求是年、调查研究年。随后，中央组织3个调查组，分赴浙江、湖南、广东农村开展调查。从中央到地方，各级领导干部纷纷走出机关，深入基层开展典型调查。

中央派出的调查组之一——由毛泽东秘书田家英带队的调查组，来到当时位于浙江省嘉兴县魏塘人民公社的和合生产队（今浙江省嘉兴市嘉善县罗星街道和合社区）。

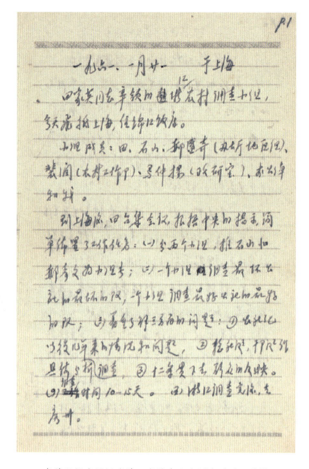

▲ 嘉善县档案馆保存着田家英在和合调查时的工作笔记

帮助人民解决困难

《和合社区志》中的"和合调查专记"，记录了一位名叫"王老五"的人物。

"关于王老五，说来话长。"盛伟民说，王老五是当时和合生产队第四小队的村民，"1960年，他们一家7口挤在一间12平方米的草房里，日子过得很困难。中央调查组专门到他家了解过情况。"

和合社区文化礼堂二楼建有"田家英和合调查展室"，详细记载了那段不寻常的日子。展室里还有一份根据王老五回忆整理的笔记——

▲ 王老五家草房复原模型

1961 年，王老五家。1 张竹垫、1 张地铺、3 条被子；1 只行灶、1 张破桌、3 条板凳。

王老五坐在板凳上，面对中央来的"大干部"，紧张得连茶水都忘了烧。"你不要有任何思想顾虑，把家里的情况、从生产到吃穿住用都实事求是地告诉我。"看出了王老五的顾虑，"大干部"和气地说，"我们来调查就是为了帮助大家解决困难的。"

其实，王老五这两天听到不少有关调查组深入细致工作、和村民同吃同住的事情。眼前的这位"大干部"，就住在村民家现搭的"柴地铺"上。王老五打量着这位"大干部"，一身中山装，笑容和蔼，说起话来一点架子都没有，这让他放松下来，详细地介绍了自己家的情况。"大干部"边听边问边记，两人谈了 3 个多小时。

"王老五说的'大干部'就是毛泽东的秘书田家英。"盛伟民说，"有一天晚上，调查组正在梳理笔记，生产队的干部觉得他们日夜工作太辛苦，特意拿了一小袋番薯来给他们加餐，被田家英拒绝了。他说，'我们来这儿做调查，决不搞特殊，这番薯我们不能要'。"那时，盛伟民只有 13 岁，但这件事他一直记在脑海里。

正是因为这种同吃同住、不搞特殊的工作作风，让田家英跟村民们迅速打成了一片，成为大家信赖的"田同志"。

利于人民的都可以说

根据《和合社区志》记载，调查组在和合工作期间，要么住在村民家，要么住在生产队的抽水机埠房里。白天走访调查，晚上睡在一张用稻草搭的"柴地铺"上，直到小学放假后，调查组才搬进校舍里。

盛伟民告诉记者，调查组有一个工作原则，叫"敢想敢说不敢做"。"敢想敢说"是指敞开思想，只要是有利于人民的，什么话都可以说，什么意见都可以提；"不敢做"则是不对地方工作指手画脚，随意指挥。

在和合，调查组走遍了生产队的各个角落，与村民、干部促膝座谈，收集到大量的第一手资料，基本上掌握了生产队的全部情况。此次调查最终形成了一份4万余字的调查报告，向党中央传递了大量地方信息，毛泽东当即就改善农村生产生活提出意见。这份调查报告还促进了《农村人民公社工作条例（草案）》（以下简称《农业六十条》）的出台。《农业六十条》颁布后，率先在和合生产队展开试点工作。资料显示，和合生产队的变化立竿见影：过去白相（玩耍）人多，现在劳动出勤的人多；过去上街看戏多，现在上街积肥多；过去荒地白田多，现在开荒绿化水面多……随着《农业六十条》在更大范围内实施，"到了1962年，嘉善县的农业生产恢复到了正常年景。"盛伟民说，"这一年，全县农业总产值达到2628万元，比上一年增长25.5%；粮食总产量13.87万吨，比上一年增加41%。"

此后几年，嘉善县的农业生产不断发展，农村形势日益好转。到了1965年12月田家英回访时，农民生产生活情况已经大有改观。

大规模调查研究活动，对于摸清经济方面的实情，作出实事求是的政策调整，克服严重困难，起到了非常重要的作用。同时，通过深入调查研究，也使党员干部更直观、更深切地认识和掌握了"从群众中来，到群众中去"的工作方法，在思想和作风上更加坚定地贯彻全心全意为人民服务的理念。

史说
SHI SHUO
▽

从群众中来，到群众中去

始终坚持人民至上，是中国共产党执政理念的集中体现。贯彻这一理念的根本工作方法就是要切实执行党的群众路线。党的八大把贯彻执行群众路线，作为执政党必须着力解决的历史任务。

八大通过的《中国共产党章程》，将贯彻执行党的群众路线作为一项重要内容进行了专门论述和强调。这也是党的历史上第一次把"群众路线"写入党章。具体内容如下：

中国共产党的一切主张的实现，都要通过党的组织和党员在人民群众中间的活动，都要通过人民群众在党的领导下的自觉的努力。因此，必须不断地发扬党的工作中的群众路线的传统。党的领导能否保持正确，取决于党能否把群众的经验和意见，经过分析和概括，系统地集中起来，变为党的主张，又经过党在群众中的宣传和组织工作，变为群众自己的主张和行动，并且在群众的行动中对党的主张加以检验、补充和修正。党的领导的责任，就是要善于在这个"从群众中来，到群众中去"的无限反复的过程中，使党和群众的认识不断地提高，使党和人民的事业不断地前进。因此，中国共产党和它的党员必须同工人、农民、知识分子和其他爱国人民建立广泛的密切的联系，并且经常注意扩大和巩固这种联系。每一个党员都应当理解党的利益和人民利益的一致性，对党负责和对人民负责的一致性，都必须全心全意地为人民群众服务，遇事同群众商量，倾听群众的意见，关心群众的痛痒，尽力帮助群众实现他们的要求。中国共产党已经是执政的党，因此特别应当注意谦虚谨慎，戒骄戒躁，并且用极大的努力在每一个党组织中，在每一个国家机关和经济组织中，同脱离群众、脱离实际生活的官僚主义现象进行斗争。

这是对"从群众中来，到群众中去"这一群众路线的根本方法的概括和阐述，是党探索社会主义建设道路的一项重要理论成果。

扫码参观
和合调查展室

尊重人民群众的首创精神

提示
TI SHI
▽

改革开放的伟大决策，使人民群众的首创精神得到了极大的迸发。邓小平说，改革开放中许许多多的东西，都是群众在实践中提出来的。1982年，党的十二大《党章》增加了"把党的正确主张变为群众的自觉行动"。坚持把尊重人民首创精神同加强和改善党的领导结合起来，改革开放和中国特色社会主义伟大事业破浪前行。

历史性决策

1978年12月18日，在中华民族历史上，在中国共产党历史上，在中华人民共和国历史上，都必将是载入史册的重要日子。这一天，党的十一届三中全会在北京召开，重新确立了解放思想、实事求是的思想路线，作出了实行改革开放和把全党工作的重点转移到社会主义现代化建设上来的重大决策。这次会议是新中国成立以来党的历史上具有深远意义的伟大转折，正式开启改革开放和社会主义现代化建设的伟大征程。

我们党作出这一历史性决策的原因，是基于对党和国家前途命运的深刻把握，是基于对社会主义革命和建设实践的深刻总结，是基于对时代潮流的深刻洞察，是基于对人民群众期盼和需要的深刻体悟。

▲ "大潮起珠江——广东改革开放 40 周年展览"一角

从此，中国展现出焕然一新的面貌。浪潮激荡，人民群众的首创精神极大地迸发出来，创新创造的热情获得了极大的释放。邓小平曾说，改革开放中许许多多的东西，都是群众在实践中提出来的。每当改革取得成功突破时，他总是说，这是群众的智慧，集体的智慧。从乡村到城市，无不跃动着人民群众投身改革、开创新生活的火热身影。

敢为天下先

中国经济改革的第一记响鼓是在广袤的农村敲响的。

《党的群众路线简明历史读本》一书生动记述了若干典型例子。

1978 年，安徽省肥西县山南镇黄花村举行了一次会议，会议的议题是如何在 1979 年多打点粮食度过饥荒。此前一年，安徽省发生百年不遇的特大旱灾，粮食严重减产。会议的结论是"借地"给村民，谁种谁收，对外称为"四定一奖"（定土地、定产量、定工分、定工本费和超产奖励、减产赔偿），联工分不联产，对内则说明是包产到户、责任制。

也是在安徽，凤阳县小岗村的 18 户村民冒着风险，在"包干书"上摁下红手印，以敢为天下先的勇气揭开了农村经济改革的序幕。

1980 年 5 月，邓小平表示：农村政策放开以后，一些适宜搞包产到户的地方搞了包产到户，效果很好，变化很快；安徽肥西县绝大多数生产队搞了包产到户后增产幅度很大；现在农村工作中的主要问题还是思想不够解放，除表现在集体化的组织形式这个方面外，还有因地制宜发展生产的问题；从当地具体条件和群众意愿出发，这一点很重要。

邓小平的话发挥了巨大作用，农村的改革趋向逐步形成共识。此后，以"家庭联产承包责任制"命名的中国农村改革迅速推向全国。

"农村搞家庭联产承包，这个发明权是农民的。农村改革中的好多东西，都是基层创造出来的，我们把它拿来加工提高作为全国的指导。"我们党尊重人民群众的首创精神，积极支持试验，从 1982 年到 1986 年，连续 5 年发出 5 个中央一号文件，把以家庭联产承包为主的责任制推向了全国。

在农民群众大胆迈开改革步伐的同时，来自城市的改革浪潮也渐渐涌起。

1978 年中共中央工作会议期间，北京东风无线电厂的技术员夏小泉给邓小平写了一封信。在信中，夏小泉就加强企业管理和企业体制改革提出了六点设想。

对此，邓小平高度重视，批示印发给参加中共中央工作会议的领导同志参阅。夏小泉的来信成为中央作出城市经济体制改革决策的一份重要参考材料。在这次中央工作会议的闭幕会上，邓小平做了《解放思想，实事求是，团结一致向前看》的讲话。这也是随后召开的十一届三中全会的主题报告。

上　1979 年 2 月 19 日，《人民日报》报道农民黄新文一家全年总收入达一万多元的事
　　迹和经验，"万元户"一词闻名全国

下　改革开放后，高第街率先成为广州市最早的私营服装商业街

1980 年，一个名叫章华妹的温州姑娘收到了工商证字第 10101 号营业执照，这也是第一份获批的个体工商户营业执照。此后，中国个体工商户的数量激增。从 100 万户到 1000 万户，只用了 6 年左右时间。

数字体现了我国个体私营经济的蓬勃发展，数字背后是千千万万投身改革开放的普通人，他们来自不同行业、不同领域，以不同的角色为改革开放的巨幅画卷增添颜色。

让人民共享成果

在前进的道路上，我们党始终把人民对美好生活的向往作为奋斗目标，践行党的根本宗旨，贯彻党的群众路线，尊重人民主体地位，尊重人民群众在实践活动中所表达的意愿、所创造的经验、所拥有的权利、所发挥的作用，充分激发蕴藏在人民群众中的创造伟力。

行之力则知愈进，知之深则行愈达。

改革开放 40 年的实践告诉我们：为中国人民谋幸福，为中华民族谋复兴，是中国共产党人的初心和使命，也是改革开放的初心和使命。我们党来自人民、扎根人民、造福人民，全心全意为人民服务是党的根本宗旨，以最广大人民根本利益为党的一切工作的根本出发点和落脚点。

党始终坚持把人民拥护不拥护、赞成不赞成、高兴不高兴作为制定政策的依据，顺应民心、尊重民意、关注民情、致力民生，既通过提出并贯彻正确的理论和路线方针政策带领人民前进，又从人民实践创造和发展要求中获得前进动力，让人民共享改革开放成果，激励人民更加自觉地投身改革开放和社会主义现代化建设事业。

▲ 20世纪80年代，年广久（左）在卖瓜子

▲ 傻子瓜子博物馆外景

三次点名

作为改革开放的"报春花"，20世纪八九十年代，"傻子瓜子"家喻户晓。"邓小平三次点名""改革开放的名片""见证中国私营经济发展"等标签，让它几近成为中国经济发展史上的传奇。它的发展壮大，是中国共产党始终坚持从群众意愿出发，尊重人民群众首创精神的典型例证之一。

名字从何而来？走进位于芜湖经济技术开发区的傻子瓜子博物馆，博物馆工作人员告诉记者："20世纪70年代末，年广久开始在芜湖的电影院门口卖瓜子。每次人家买瓜子，他总会多添一把，有顾客开玩笑说他'傻'。一来二去，'傻子瓜子'的名号就传开了，后来，年广久便以此注册了商标。"

凭借着口碑和经济头脑，"傻子瓜子"销量和经营规模越来越大，雇工也逐渐变多，最多时达105人。这一变化在当时引起轩然大波。

《党的群众路线简明历史读本》中专门记述了这段历史·按当时的说法，个体户雇工数量最多不能超过8个人。8人以下，还是"姓社"；8人以上，就是"姓资"了。"傻子瓜子"的雇工人数远远超出了"警戒线"，引起了强烈的社会争议。邓小平得知这一情况后，在中顾委第三次全体会敬爱的小平同志：

您好！

我们是安徽芜湖"傻子瓜子"经营者。今年初，您在南巡中讲到了我们"傻子瓜子"，我们感到好温暖好激动。您是对全国人民讲的，但对我们是极大鼓舞。光是今年下半年，我们"傻子瓜子"就新建了13家分厂，生产了160多万斤瓜子。以经营"傻子瓜子"一年，我们已经向国家交纳了200多万元的税，向社会提供了40多万的捐赠。但我们还要甘当一世一地做"傻子"，为顾客提供更多味更可口、价钱更道的瓜子；我们还计划更快地扩大经营规模，把"傻子瓜子"打到国际市场上去，为国家多作贡献。

敬爱的小平同志，我们时刻铭记着您的恩情，在这迎春佳节到来的时候，特地寄上几斤瓜子给您尝尝。这是件小事微薄小礼物，却代表我们对您深切的敬意，希望您能喜欢。

衷心祝愿您新春快乐！健康长寿！

傻子 年广久

小傻子 年志宝 年强

1992年12月30日

◀ 年广久写给邓小平同志的信

议上明确表示："前些时候那个雇工问题，相当震动啊，大家担心得不得了，我的意思是放两年再看，那个能够影响到我们的大局吗？让'傻子瓜子'经营一段，怕什么？"

这一年是1984年，邓小平第二次提到"傻子瓜子"。除此之外，还有两次。

在傻子瓜子博物馆内，记者看到了详细的记载：

第一次是1982年三四月间，看到由时任中央农村政策研究室主任的杜润生撰写的《傻子瓜子雇工问题的调查报告》后，邓小平批示："不要动他，先放一放，看一看。"

第三次是1992年初，邓小平南方谈话期间又一次提到"傻子瓜子"。

"小平同志的话并不仅是对'傻子瓜子'说的。"博物馆工作人员说，"傻子瓜子"代表的是一种现象，是人民群众投身改革、开创新生活的强烈愿望，"小平同志的话是对千千万万个体经营者说的。这种支持和肯定太重要了，是对人民群众首创精神的尊重。"

 关 键 词　获得感

 实地采访　《辽宁日报》新闻图片

新闻图片里的人民
"获得感"

提示
TI SHI

我们的人民热爱生活，期盼有更好的教育、更稳定的工作、更满意的收入、更可靠的社会保障、更高水平的医疗卫生服务、更舒适的居住条件、更优美的环境，期盼孩子们能成长得更好、工作得更好、生活得更好。人民对美好生活的向往，就是我们的奋斗目标。这是习近平总书记在十八届中共中央政治局常委同中外记者见面时所说的一段话。

这段话深刻阐明了作为执政党的中国共产党，始终把人民利益放在第一位，把人民的愿望和要求作为决策的根本依据。

以党的十四大至党的十九大为时间跨度，报道组依托《辽宁日报》报史资料，查阅上千块版面，选取若干新闻图片，以辽宁为样本，以新闻记录时代的方式，生动展现党和国家通过不断制定新的阶段性目标，一步一个脚印沿着正确的道路往前走，切实解决人民群众最关心、最直接、最现实的利益问题，更好满足人民对美好生活的向往，不断提高人民群众的获得感、幸福感、安全感。

1992 年 10 月 2 日《辽宁日报》

沈阳市苏家屯区姚千户屯镇杨后房村投资 20 万元，将两公里村路铺成了柏油路

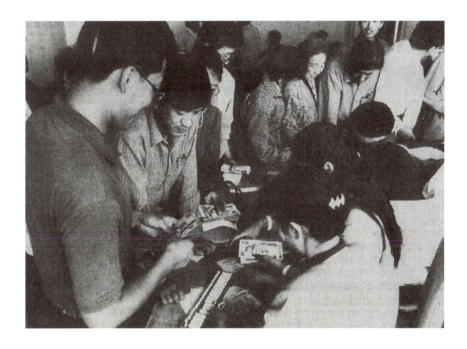

1996 年 10 月 3 日《辽宁日报》

沈阳市加大房改力度，推出购房预定金办法

1997 年 9 月 29 日《辽宁日报》

铁岭开原市投资 20 多万元建立再就业训练中心，安置下岗人员 1.6 万余人

1998 年 7 月 24 日《辽宁日报》

辽阳市辽阳县吉洞满族乡大安口村为全校 178 名学生办人身保险，并免收学杂费

1998 年 10 月 14 日《辽宁日报》

鞍山市积极抓好管好全市人民的"菜篮子"

2003 年 12 月 17 日《辽宁日报》

有了医保，看病不再成问题

2004 年 10 月 13 日《辽宁日报》

沈阳市南塔中国鞋城安置下岗职工及农村剩余劳动力 1 万多人

2006 年 9 月 22 日《辽宁日报》

抚顺市望花区开展"创建充分就业社区"活动，保障棚改新区居民住得稳、住得好

2012 年 11月8日《辽宁日报》

本溪市溪湖区把棚改工作作为改善民生的首要任务

2012 年 11 月 9 日《辽宁日报》

抚顺市全力改善城乡生态环境，让抚顺人民共享城市发展和环境改善的成果

2017 年 10 月 14 日《辽宁日报》

盘锦市大洼区建设 6 个美丽乡村标准化示范点，农民的日子越来越有奔头

2017 年 10 月 23 日《辽宁日报》

朝阳北票市台吉镇 209 户建档立卡贫困户每户领到分红 1000 元

2019 年 1月10日《辽宁日报》

大连市菜篮子直通车进社区让市民生活更便捷

2020 年 12月31日《辽宁日报》

阜新蒙古族自治县平安地镇押京村的扶贫车间吸纳了当地 150 名农民就业

2021 年 3月18日《辽宁日报》

鞍山市在全市村和社区建起 1230 余个 8890 幸福驿站，方便百姓生活，满足百姓需求

2021 年 4月12日《辽宁日报》

沈阳市和平区引导党员干部办实事解民忧、送温暖传党恩

关 键 词　中国共产党、人民、百年

实地采访　上海、陕西、福建、湖北、浙江、辽宁等地

尊重人民群众的
首创精神

提示
TI SHI
▽

　　我们的采访从早春三月开始。20多人的采编队伍，兵分四路，向着
祖国的东南西北出发。每位记者的行囊里，都揣着若干历史片段，那是从
100年的时光里撷取的素材。从弄堂深处到江河湖畔，从大山脚下到红土
地里，从广场上到展馆中，从课桌间到老乡家，一路看，一路访……历史
名词渐渐变成跃动的画面，艰涩的概念也成为笔下生动的故事。

　　百年党史鸿篇，在我们面前徐徐展开，其中的每段章节都写着人民。

|扫码观看|
系列VLOG《请回答1921—2021》

▶ 记者赵婷婷在上
海渔阳里采访

感受"觉醒年代"

| 本报记者 | 赵婷婷 |
| 地　　点 | 上海·黄浦区渔阳里 |

　　走进上海渔阳里，一侧是文物旧址，另一侧是城市民居。历史的古朴
与生活的气息相互交叠，让人有一种在时空中来回穿梭的幻觉。

　　弄堂里的居民对记者的到来见怪不怪，甚至主动来和我们唠上几段历
史：渔阳里有"新""老"之分，老渔阳里有《新青年》编辑部旧址，那里
组建了中国第一个共产党组织；新渔阳里诞生了中国第一个社会主义青年
团、创办了第一所干部学校……

　　沿着巷弄踱步，想象着100年前那个觉醒年代，革命先辈的青春身影
也在这条巷弄里坚定地走着、注视着、沉思着。今天，重访渔阳里，静静
聆听历史的回响，依然能够感受到当年的热血澎湃、激情飞扬。

◀ 盛伟民（左）介绍
社区志的内容

送你一本社区志

本报记者　赵婷婷

地　　点　浙江·嘉兴市嘉善县罗星街道和合社区

能够采访盛伟民，是意料之外的惊喜。

为了做好"和合调查"的采访，我查阅了大量资料，得知盛伟民是原和合村村干部，本想采访，但却一直没有联系上他。没想到一番机缘巧合，我竟然在和合社区采访时与他巧遇。

机会难得，我把准备的问题一股脑地提了出来，盛伟民回答得十分详细。在交流过程中，他还不时地翻看桌上那本《和合社区志》，这本由盛伟民组织编写的社区志，把当年那段"和合调查"历史记录得十分完整。有了盛伟民和社区志的助攻，采访自然顺利。而当我把话题转到为什么退职后还要编写社区志时，盛伟民说："鉴往事，知来者。我虽然不再担任村干部，但仍想为和合的发展尽一份力。"我不由有些动容。

"这本社区志出版了，我一定要买一本留作纪念。"临别时我有了一丝不舍。

"不用，我送给你。"盛伟民笑着说。

▶ 五年前，记者在古田
会址纪念馆采访

油菜花田还是那么美

本报记者　张　昕

地　　点　福建·古田会议纪念馆

距离上次来古田，整整五年。

五年前，为庆祝中国共产党成立 95 周年，我第一次来到古田采访。五年后，在建党百年的重要节点，我再次来到古田。两次采访的主题不同，但答案是一致的。古田会议决议中一条条铁纪，让人民更加信任党。

五年过去了，古田会议旧址旁的红杜鹃餐馆依然经营得红红火火。餐馆老板已认不出我，她边忙边说，高铁开通后，古田的游客越来越多，尤其是 2021 年。

五年过去了，古田会议旧址前的油菜花海还是那么美。游客们兴高采烈地拍照。那一朵朵小黄花，像一颗颗胜利的果实，饱含着新时代的幸福和美好。

我想加入他们的队伍

本报记者　韩卓航

地　　点　陕西·延安文艺纪念馆

　　走进延安文艺纪念馆，曾经在课本中看到的名字和面孔，更加鲜活起来。

　　一处群雕，再现青年奔赴延安的场景。雕塑中的人，姿态、表情各异，其中一人长跪在黄土地上，手捧泥土，垂首亲吻。这场景让我深深震撼。举起摄像机，我把这个场景和自己的感受记录下来。这一刻，仿佛我也在他们的队伍之中。

▶ 记者金珂含（右一）在
为人民服务广场采访

在广场上高声朗诵

本报记者　金珂含

地　　点　陕西·延安"为人民服务"广场

　　陕西延安"为人民服务"广场，张思德的雕像伫立中央。中轴线上的
29 颗五角星记录了他生命的长度。

　　广场上，来瞻仰纪念张思德的参观者络绎不绝。一支十人左右的学习
团肃穆而立，齐声喊着"为人民服务"的口号。他们来自新疆维吾尔自治
区乌鲁木齐，我们来自辽宁沈阳，"我们都是来自五湖四海，为了一个共同
的革命目标，走到一起来了"，站在广场上，我们和他们一起朗读着《为人
民服务》的经典语句。

◀ 记者刘璐（右）采访
傻子瓜子博物馆负责人

瓜子背后的故事

本报记者　刘　璐
地　　点　安徽·芜湖傻子瓜子博物馆

"为什么叫'傻子瓜子'？这名字有点奇特。"接到任务后，这个想法忽地冒出来。走进傻子瓜子博物馆，阅读每块展板，细看每张老照片，心中的疑惑变成惊讶，惊讶于一粒瓜子的背后竟藏着那么多故事。

博物馆负责人刘仁庆说："邓小平同志曾三次提及'傻子瓜子'，是他的'放一放，看一看'才让'傻子瓜子'有了继续成长的机会。"在采访过程中，刘仁庆多次说到一句话，"在关键时刻，能够得到党的肯定，得到精神上的支持，这太重要了。"

想着人民，为了人民。"傻子瓜子"的发展历程从一个侧面生动反映了党对人民首创精神的尊重。我嗑开一粒瓜子，放果仁入口，咀嚼出的"余香"绵长深厚。

▶ 记者刘爽（右）在中国共产党纪律建设历史陈列馆

一条"红街"

本报记者 刘 爽

地　　点 湖北·武汉中国共产党纪律建设历史陈列馆

武汉市武昌区有一条"中国第一红街"——都府堤，不到 500 米长的青石小路上，坐落着中共五大会址、毛泽东旧居等国家级文物保护单位。

94 年前，中共五大选举产生了中央监察委员会，也就是中央纪委的前身。这是党的历史上第一次设立党内纪律检查机构，举起了监督执纪的利器。从历史的起点出发，探寻我们党纪律建设留下的伟大足迹，我们此次要探访的中国共产党纪律建设历史陈列馆也建在了这里。

4 月 2 日上午，还没到开馆时间，众多参观者已经撑着伞在陈列馆门前排起了长队，准备入馆参观。

"现在预约参观学习的单位特别多，目前已接待全国 1 万多家单位、近300 万名观众。"讲解员李丹介绍说，2019 年开馆以来，这里已经成为广大党员干部加强党的初心使命教育和党的纪律教育的热门"打卡地"。

血脉

第二章

血浓于水

衙斋卧听萧萧竹，疑是民间疾苦声。些小吾曹州县吏，一枝一叶总关情。

2014 年 5 月 9 日，习近平总书记在参加河南省兰考县委常委班子专题民主生活会时，引用了清代文人郑板桥的一首题画诗。这首诗以竹声作引，托物取喻，表达了深沉的爱民、为民情怀。

总书记多次强调，"群众利益无小事"，"一定要把群众的安危冷暖挂在心上"。细微民情、点滴民意，时刻牵动着总书记的心。这份牵挂生动映照出党与人民有福同享、有难同当，有盐同咸、无盐同淡的密切联系。

今天，主题策划《人民至上》推出第二篇章——"血脉"。我们以百年党史为脉络，选取若干具有代表性的党群故事发生地，寻访亲历者、见证人，用更多的细节再现那份浓浓的血肉之情。

从江西到湖南，从陕西到福建，从北京到辽宁，采访路上，我们遇见不同的人、不同的事，看到、听到和感受到的却是相同的温暖。

在萍乡，安源路矿工人运动纪念馆的讲解员每天讲述着毛泽东下矿井与工人拉家常，被工人亲切唤作"毛先生"的故事；

在兴国，苏区干部好作风纪念园里散步休闲的当地老百姓，几乎都能说上几句"兴国干部十带头"的歌谣；

在沙州，朱分永忘不了奶奶徐解秀在世时总是站在山下桥边张望的样子，她把红军留下的半条被子珍藏了一辈子；

在延安，党史研究专家刘煜一边翻看老照片，一边声情并茂地解读：陕北老百姓多么珍视"一颗小豆豆"赋予的权利；

在佳县，作家刘亚莲说起佳县人民倾尽所有支援革命、支援共产党的往事，禁不住热泪盈眶；

在北京，亲身经历了龙须沟三次大改造的徐亚兰，面对镜头一遍遍地感慨："我们普通老百姓能住上这么好的小区楼房，真的要感谢共产党"；

在三明，有许多像陆小均和陈惠青一样的党员志愿者，他们用自己朴素的执着和无私的奉献，不断提升城市的文明厚度和精神力量；

在朝阳、阜新和盘锦，作家们扎根乡村，用独有的视角观察，用细腻的笔触抒写，记录脱贫攻坚战中驻村"第一书记"与乡亲们的深情厚谊；

……

鱼水情深，肝胆相照。

100年来，我们的党"心中常思百姓疾苦，脑中常谋富民之策"，我们的人民"与党风雨同舟、血脉相通、生死与共"。

正是这样一种"一块过、一块干"，密不可分的血肉联系，让中华民族拧成一股绳，汇成一股劲，不可逆转地走向伟大复兴。

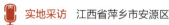
矿井下来了共产党人

提示
TI SHI

安源，位于江西省萍乡市，这里是中国工人运动的摇篮。1922年9月，安源路矿工人大罢工取得完全胜利，成为中国工运史上的成功范例。取得此次胜利的根本原因是，共产党人处处为工人群众的利益着想，因而得到了广大工人的信任和拥护。

和工人们同甘共苦

提起安源，许多人会想到那幅著名油画《毛主席去安源》。油画描绘的是1921年秋毛泽东第一次前往安源时的情景。

1921年10月下旬，时任中共湖南支部书记的毛泽东从长沙来到安源。在安源，毛泽东来到餐宿处、火车站、制造厂，并下到总平巷，在矿井搞社会调查，了解工人群众的思想动态和利益诉求。经过近一个星期的调查研究，中共湖南湘区支部最终决定把安源列为湖南湘区支部工人运动工作的重要区域。

毛泽东在安源调查研究的细节，以及年轻的中国共产党领导这场震惊中国的大罢工的过程，在百年党史上留下了浓重的一笔，也成为众多研究者聚焦的重要课题。

▲ 黄仂

从 1901 年到 1919 年，安源工人先后进行了七次较大规模的自发斗争，但最终都失败了。对此，萍乡市红色文化和党性教育研究中心副主任、党史专家黄仂解读说："失败的原因是工人缺乏组织性，而成功的原因是有了'领头羊'，也就是中国共产党的指挥和领导。"

黄仂多年研究安源路矿工人运动，他告诉记者："毛泽东下到又黑又脏的煤井，了解工人的疾苦，亲切地问工人每天做几小时的工，一天有多少工钱。真正做到了与工人心连心。在矿井里，毛泽东坐在坑木上，身上蹭了煤灰，头上冒着汗，有工人想替他擦擦灰，他连忙拒绝。他告诉工人，受苦不是命里注定的，要团结起来推倒压在头上的大山。工人们很感激，称呼毛泽东为'毛先生'。"

1921 年冬，毛泽东与刚刚回国的李立三再次来到安源。两人住在安源老后街中段的刘和盛饭店，老后街有好几家条件不错的饭店，刘和盛饭店十分简陋，价格便宜，多是工人、农民在此食宿。为了方便与群众接触，

▼ 安源路矿工人运动纪念馆

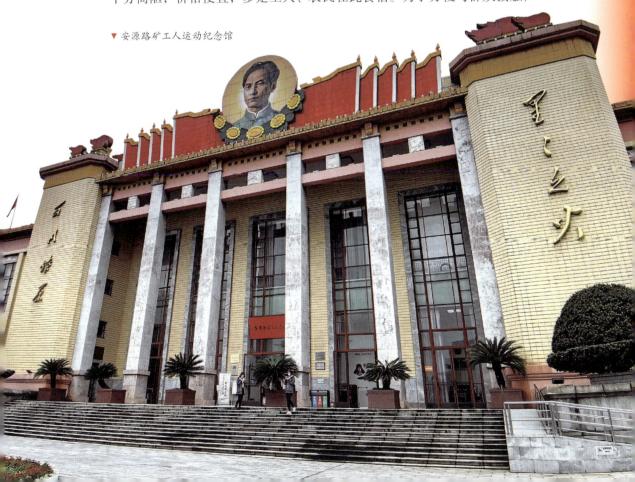

毛泽东、李立三便选择住进了这家小饭店，在两条木凳、床板和稻草组成的床上睡了三个晚上。

黄仍说："安源的冬天极冷，毛泽东用实际行动告诉工人，他们不是来享福的，是和工人们同甘共苦的。两人每天找工人谈话，进一步深入了解工人的想法。"其后，李立三被安排常驻安源，他以办平民教育的名义，由湖南平民教育促进会介绍到安源，办起了职工子弟学校和工人补习夜校。"为了让工人到夜校学习知识，李立三挨家挨户上门作动员。"黄仍告诉记者。李立三还自己编写课本，每次上课都会宣传马列主义基本知识，主要讲世界上的财富是工人阶级创造的，受到工人的热烈欢迎。

团结得像一个人

1922年2月，中共安源路矿支部正式成立，这也是中国产业工人中最早成立的党支部。不久，安源路矿工人俱乐部也成立了。

"俱乐部成立当天，工人们在大雨中举行庆祝游行。大家挥舞着旗帜，聚集在俱乐部高声唱歌。"黄仍告诉记者，俱乐部每周都会组织活动，包括政治报告、化装演讲、工人辩论会、研究会等，不仅提升了工人的政治参与能力和组织能力，也从思想上增强了工人群众对党的凝聚力。

1922年7月，中共安源路矿支部创办了中国共产党最早的经济事业组

▼ 安源路矿工人俱乐部

▶ 安源路矿工人
消费合作社

织——安源路矿工人消费合作社。记者在安源路矿工人运动纪念馆了解到，工人消费合作社以"可买便宜货"为口号，不仅为工人提供急需的生活用品，还将物品以低廉的价格卖给工人，减轻了工人的经济负担。

因为俱乐部处处为工人群众的利益着想，逐步得到了广大工人的信任和拥护。安源路矿工人大罢工开始之前，俱乐部只有700多名会员，但在党组织的领导下，把广大工人团结得像一个人一样，不管敌人采取什么样的手段破坏罢工，都无法达到目的。

完全的胜利

关于安源路矿工人大罢工的过程和成果，刘少奇、朱少连在1923年8月合著的《安源路矿工人俱乐部略史》中曾作如下评述：

"这一次大罢工，共计罢工五日，秩序极好，组织极严，工友很能服从命令。俱乐部共费计一百二十余元，未伤一人，未败一事，而得到完全胜利，这实在是幼稚的中国劳动运动中绝无而仅有的事。"

对此，黄仿认为："当时，领导罢工的党、团员约52人，还有几百名俱乐部会员，要凝聚将近两万人的工人队伍，极其困难。"因此，决定罢工后，李立三从醴陵返回安源，负责组织罢工事宜。为加强领导力量，毛泽东又派刘少奇到安源参与斗争。同时，又成立了工人纠察队和侦探队。

1922 年 9 月 14 日，安源路矿工人举行大罢工。这天，铁路工人停开列车，拉响汽笛，发出罢工信号；煤矿工人砍断井下电源，如潮水般从矿井、工棚、街头巷尾蜂拥而出。罢工队伍高呼口号："从前是牛马，现在要做人！"随后，工人们用木料将井口堵住，仅留一个出口让井下工人出班，不准任何人下矿井，一律留在餐宿处，不再上班，也不许外出。

大罢工期间，军队闯入俱乐部企图武力封闭，数千名工人冒死保护俱乐部。刘少奇作为工人俱乐部全权代表只身深入虎穴谈判，"2000 多名工人簇拥并保护他。工人们还要求路矿当局每隔十分钟就

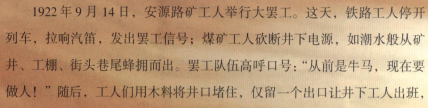

▲ 在党的领导下，安源路矿工人大罢工取得了胜利

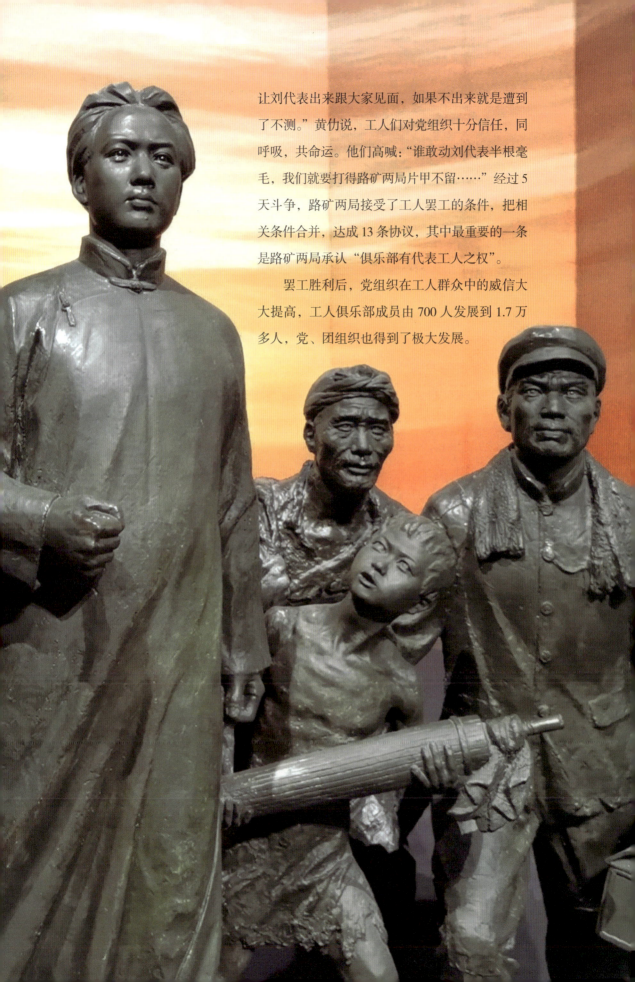

让刘代表出来跟大家见面，如果不出来就是遭到了不测。"黄仍说，工人们对党组织十分信任，同呼吸，共命运。他们高喊："谁敢动刘代表半根毫毛，我们就要打得路矿两局片甲不留……"经过5天斗争，路矿两局接受了工人罢工的条件，把相关条件合并，达成13条协议，其中最重要的一条是路矿两局承认"俱乐部有代表工人之权"。

罢工胜利后，党组织在工人群众中的威信大大提高，工人俱乐部成员由700人发展到1.7万多人，党、团组织也得到了极大发展。

上　安源路矿工人运动纪念馆内景

下　安源路矿工人消费合作社的印章、购物证和股票

| 扫码参观 |
安源路矿工人运动纪念馆

还有千万的孩子

在安源工人运动中，出现了一支特殊的队伍——安源儿童团。它在党的领导下诞生，紧紧跟随党的步伐，为中国革命事业贡献了"少年力量"。

1921年8月《中国劳动组合书记部宣言》中指出："还有千万的小孩子们，不分日夜，到纺织等工厂里去作工，工作时间多半是每天十二个钟头起码。他们的健康是牺牲在这剥夺制度之下，他们定不能得受教育的机会。他们从极年幼的时候，就变成了本国或外国资本家的富源开发者并变成了资本家的新式奴隶。"这百余字充分表明了党从初创时期就高度关注劳苦儿童。

党史专家黄伪说："安源工人运动期间，一开始，孩子们只是简单做一些党组织交代的工作，例如工人开会时，在外放哨。"后来，孩子们也进入夜校学习。安源路矿工人补习夜校，晚上给工人们授课，白天供孩子们读书写字。夜校逐渐变成孩子们的主要活动场所。

1925年安源九月惨案后，安源儿童团组织少年儿童开展社会募捐，发表演讲唤起社会救援力量，还利用机会进入关押安源党员工人的监狱，为他们送饭，传递家人信函，进行慰问，鼓励他们坚决斗争，坚持到底。

在安源路矿工人运动纪念馆二楼展厅里，陈列着儿童团团员佩戴过的染有血迹的白色飘带。据讲解员张秦珂介绍，1924年5月，安源路矿工人子弟学校成立了劳动童子军，也就是安源儿童团。这支队伍的主要任务是放哨站岗、传递信息，同时配合安源路矿工人俱乐部组织开展的游行和纪念活动。安源儿童团，也是中国共产党领导下的全国第一个少年儿童组织。

安源儿童团的主要活动是教育和训练。在教育方面，分为正课和补充课两种；在训练方面，定期进行操练。之后，全国各地陆续出现"红色"儿童组织，成为革命的后备力量。

关 键 词　半条被子

实地采访　湖南省郴州市汝城县文明瑶族乡
　　　　　"半条被子的温暖"专题陈列馆

半条被，一辈子

提示
TI SHI
▽

　　沙洲瑶族村，位于湖南省郴州市汝城县文明瑶族乡。这座隐于湘南群山深处的小村落，因为"半条被子"的故事闻名全国。朱分永是沙洲村的老书记，当了 18 年村党支部书记的他，如今的身份是"导游"。几年前，村里建起"半条被子的温暖"专题陈列馆，朱分永每天在馆内为来自全国各地的参观者说历史、讲故事。大家都喜欢听他讲，因为他就是"半条被子"故事的主人公徐解秀的长孙。

▲ 朱分永

一条被子分两半

　　在沙洲村，人人都能讲上一段"半条被子"的故事，但最了解的，莫过于朱分永。得知记者从 2000 多公里外的沈阳专程到沙洲村采访，朱分永十分热情，带着记者把整个陈列馆完整地看了一遍，边走边详细讲解。"奶奶和那 3 名女红军就是在这张床上，睡了 6 个晚上。"指着窄小到仅能容纳一人的木床，朱分永显得有些激动。

|扫码观看|
朱分永访谈

1934年冬天，中央红军经过沙洲村，正逢下雨，队伍在老百姓门前避雨。由于之前有白匪在村里扫荡，见到又来了当兵的，徐解秀和丈夫吓得躲在屋里不敢出声。过了一阵子，徐解秀心想，总躲着也不是办法，就壮胆打开了门。门外站着10名红军战士，其中一个说："大嫂，别怕，我们是共产党领导的红军，不会为难你们的。"徐解秀看他们进村没有抢东西，渐渐打消了疑虑，红军战士围拢过来，她这才看见里面还有女战士。徐解秀禁不住惊讶地问了句："哎呀，怎么女人也当兵呀？"听到徐解秀这样说，战士们笑了起来："革命不分男女，女人也可以参加革命。"见到战士们全身都打湿了，徐解秀说："进屋来，我来给你们烧热水，洗洗脸，洗洗脚，暖暖身子，给你们熬点儿姜汤，别感冒了。"

　　徐解秀家十分穷困，床铺简陋，只有一块烂棉絮和蓑衣用来避寒。她把家里能用上的物件都拿了出来，又把嫁妆柜子拆了当床板，再放上长凳，她和3名女战士侧身勉强能睡下，就这样将就了6个晚上。因为担心在后山的男战士们没有地方住，徐解秀让丈夫把他们叫到家里来，几个人睡在厅屋地上。在留宿的几天里，3个女战士帮徐解秀带孩子，徐解秀给红军煮饭做菜，彼此之间就像自家兄弟姐妹一样。

▲ 朱分永向记者讲述奶奶和红军战士的故事

部队即将出发时，3个女战士把仅有的一条行军被拿了出来，要留给徐解秀。徐解秀连忙说："你们三个姑娘才一条被子，我怎么忍心收？不要管我，我家里有房子可以遮风避寒，办法多的是。"一边要送，一边不肯收，在僵持推让的情况下，3个女战士向徐解秀借来剪刀，把被子剪成了两半。"如果知道你们要剪刀是为了剪被子，我才不会借给你们。"任凭徐解秀怎么拒绝，3个女战士坚决要她收下这半条被子。分别时，3个女战士拉着徐解秀的手说："大姐，等革命胜利了，我们还会回来看你们的，到那时，我们带一条很大很厚的新被子给你。"徐解秀听完泪流不止。

一定要跟党走

"红军是好人，共产党是好人，一定要跟党走。奶奶总是这样教育我们。"朱分永说。

红军走后，徐解秀常常到山下桥边张望，一待就是一下午。小时候，朱分永常常问徐解秀："奶奶，你怎么总到这边来？"徐解秀指指北边那座山说："我要等给我们送被子的那3个姑娘，她们是往那边走的。"徐解秀

▶ 沙洲村纪念广场上的"半条被子"雕塑

扫码参观
"半条被子的温暖"专题陈列馆

上 沙洲村因"半条被子"的故事闻名全国

下 朱分永带领记者参观

想念红军，想念那 3 个姐妹。

1984 年，《经济日报》记者罗开富到沙洲村采访，已经 84 岁的徐解秀恍惚以为是当年的红军回来了。朱分永回忆说："徐解秀年纪太大了，真的以为是红军又来了。"

朱分永记得，当时，罗开富问了徐解秀一个问题："你说共产党好，那在你心里共产党到底是什么样的啊？"徐解秀回答说："什么是共产党？共产党就是自己有一条被子，也要剪下半条给老百姓的人。"

站在陈列馆前的广场上，朱分永看着络绎不绝的游客，欣慰地点着头。

这天，他已经接待了 4 批参观者。"刚刚是学校组织参观，一会儿还要来几个旅游团。"朱分永说，自陈列馆建成开放后，每天都有大批参观者，其中不少是远道而来，比如四川、贵州等地的参观者。

朱分永每天一大早就到馆里，为参观者讲述红军和奶奶的故事，是沙洲村的"第一导游"。

红色历史沉淀为红色资源，带动了红色旅游。朱分永说："咱们村打造'红色文旅＋绿色产业＋古色山水'的发展模式，很多村民经营民宿、土菜馆，都富起来了。当初我奶奶接下红军的'半条被子'，现在沙洲村探索出特色旅游的'致富路子'，都离不开党的关怀。"

史说
SHI SHUO
▽

最后一块板，拿去架浮桥

江西省赣州市于都县，是中央红军长征的出发地。

1934 年 10 月 17 日至 20 日，中央红军 8.6 万人跨过于都河，踏上长征之路。短短 4 天，如此庞大的队伍，能够快速集结并顺利渡河，堪称战争史上的奇迹。于都中央红军长征出发纪念馆群工部主任肖婷婷说，奇迹的根源是红军与于都人民生死相依的深厚感情。

关于红军在于都渡河的故事，肖婷婷讲了不知多少遍，但每次讲起依然心潮澎湃。"34万于都人为红军守住了天大的秘密。"肖婷婷说，为了让红军顺利渡河，必须在于都河上架设多座浮桥。于是，于都老百姓用很短的时间汇聚起800余条大小船只和成千上万的木料、门板。为了躲避敌机轰炸，老百姓每天傍晚开始架浮桥，红军通宵渡河，次日天亮前把浮桥拆掉，晚上再搭，如此反复拆搭累计15次，保障了中央红军全部顺利过河。肖婷婷说，老一代于都人都记得，不少老房子只有一半门板，甚至没有门板，那都是当年于都人民支援红军渡河的见证。如今，在于都县建国路还保存着一处民居——刘次垣民居，还能看到门板缺失的痕迹。经常有参观者慕名而来，实地感受"最后一块板，拿去架浮桥"的历史场景。

于都中央红军长征出发纪念馆建馆后，研究者挖掘了很多关于于都人民倾其所有支援红军的感人故事。例如，有户姓曾的老人，将家里所有的门板拆掉扛去架桥，又将自己睡的床板贡献了出来，甚至把给自己准备的棺木也拆了，送到了架桥工地。于都人民为何如此义无反顾地支援红军？肖婷婷说，答案很简单：于都老百姓爱戴中国共产党。

红军在于都期间，党的领导干部非常关心群众疾苦，经常深入乡村作调查研究，帮老百姓解决实际问题。谁家的青壮年当了红军，家里的地没人种，党员干部代为耕种。红军渡过于都河后，归还所借物品的工作也一点儿不含糊。这样的队伍，老百姓怎么可能不信任呢？

豆豆真顶事哩

提示
TI SHI
▽

　　来到延安，每个人的心中都有一个一定要打卡的地方。可能是宝塔山，可能是延河水，也可能是南泥湾……记者此行要找的却是一颗不到 0.2 克的黄豆。这颗豆豆，在 80 多年前的中国，发挥着举足轻重的作用。"你可别小瞧这颗豆豆，它的作用可大着哩！"延安革命纪念馆研究员刘煜说。

前所未有的大事

　　1937 年，党在陕北建立陕甘宁边区政府。"陕甘宁边区辖陕西、甘肃、宁夏相交的 23 个县。"延安革命纪念馆研究员刘煜说，边区政府要巩固政权、实现发展，必须取得人民的信任，"取得人民信任就要给予人民真正的

▼ 延安革命纪念馆

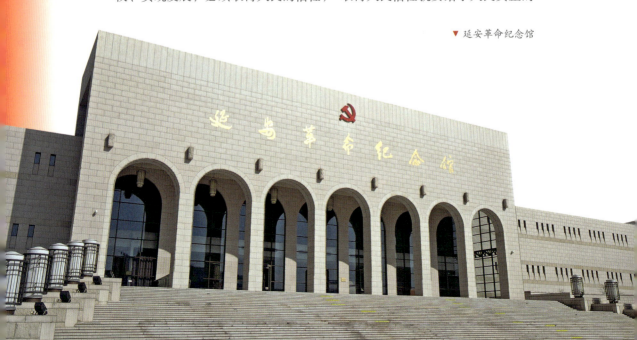

▲ 刘煜研究员接受采访

权利，必须实行普遍民主，让人民当家作主。"

然而，当时边区群众的识字率不到1%，推行民主政治的难度之大可想而知。为此，边区政府出台各项政策，实施多种措施，包括：公布婚姻法解放妇女，禁止封建迷信活动，兴办教育让娃娃们有学可上，开展扫盲活动，等等。刘煜说，有了一定的思想和文化基础，群众才能真正理解民主政治是什么。1937年5月至1946年3月间，陕甘宁边区先后进行了三次民主选举。"选举采取自下而上的普选方式，只要年满18岁，只要不是反革命，都有选举权。"刘煜说，这样的选举在当时的中国，是前所未有的。老百姓反应热烈。刘煜说："有的老年妇女叫儿子赶着毛驴载自己去投票。"

富有特色的投票方式

通过边区政府坚持不懈的宣传动员，边区群众逐渐认识到实施民主政治是关乎自身利益的大事。

不过，群众虽然了解了民主选举的意义，急切地想要行使自己的权利，但新的问题又摆在了边区政府面前：选举如何实施？

为充分保障选民顺利参与选举，边区政府从实际出发采取多种富有特色又方便选民的投票方式：

识字多的选民，采用票选法；

识字不多的选民，采用画圈法、画杠法；

不识字的选民，采用投豆法。

其中，投豆选举在农村地区使用最为普遍。以乡长选举为例，某乡有

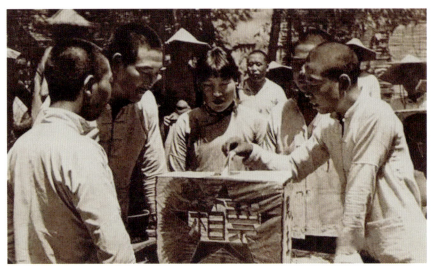

上　投豆

下　投豆选举的办法在陕甘宁边区政府时期的基层选举中发挥了重要作用

三名候选人，每名候选人背对选民站立，每人后面放一个碗。每个选民发一颗豆豆，同意谁就把豆豆投到谁的碗里，最后谁碗里的豆豆多，谁就当选乡长。

除了投豆法，边区政府还采用了烧洞法、背箱法等投票方式。

背箱法是指背着流动票箱上门收选票，选票收齐后，召开大会当众开票。

"采用背箱法，一来解决了部分群众因为住得远无法参加投票的问题，二来也保证了投票率。"刘煜说。

据不完全统计，1937年边区进行第一届参议会选举时，参加投票的选民占到选民总数的70%以上，部分地区达到80%；1941年边区进行第二次民主选举时，80%的选民参与投票，绥德、清涧、延川等县的投票率高达95%。

只见公仆不见官

民主选举的选民由人民组成，民主选举的候选人也来自人民。"十个村民可以选举一个代表，十个代表可以推举一位候选人，层层推选，最终选出人民信任的好干部。同样，如果实践证明人民推举出来的干部不做实事，人民可以罢免你。"刘煜介绍说。

在陕甘宁边区政府执政期间，人民选举出自己信任的人，真正地当家作主，干部从人民中来，真正地廉洁奉公，真心实意为百姓做事，边区党群关系十分和谐。毛泽东同志曾说："当人民选举他们所喜欢的人去办政府的事情的时候，办得很不错，这比派官办事制度要好得多。"朱德也写下"实行民主真行宪，只见公仆不见官"

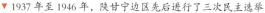
▼ 1937年至1946年，陕甘宁边区先后进行了三次民主选举

的诗句，肯定陕甘宁边区的民主政治建设。

史说
SHI SHUO
▽

鱼和水

我们党执政陕甘宁边区政府的 13 年间，得到了广大人民的拥戴。记者在延安采访期间，听到了许多感人至深的故事，从中可以感受到党与群众的鱼水深情。

□ 一起过生日

1943 年，正月十四，元宵佳节的前一天下午，毛泽东在延安枣园散步途中遇见了侯老汉和胡老汉，闲谈中得知两位老汉已年过六十，还是同年同月同日出生，更巧的是第二天就是他们的生日。经了解，枣园村 60 岁以上的老人共有 24 位。毛泽东当晚就派人邀请 24 位老人，第二天一起过生日。元宵节下午 2 点，24 位老人一起来到位于枣园的中央书记处会议室，毛泽东在门口亲自迎接大家。他同老人们一起喝茶、吃饭、拉家常，还给老人们敬酒，祝老人们健康长寿，并送给每人一条三道道蓝毛巾、一块肥皂以作寿礼，之后请大家观看电影《列宁在十月》。在当时的延安能看上一场电影，是一种很高的礼遇和娱乐享受，现场气氛欢乐，大家亲如一家。

□ 家门口的"南泥湾"

1941 年和 1942 年，边区政府遭遇前所未有的困难。年近花甲的朱德在自己家门口造起了"小南泥湾"。开垦一块菜地，种上十几种蔬菜，每天早早地就到菜地里浇水、施肥、锄草。菜园年年丰收，朱德也将菜送给百姓。老部下去看望他时，他就会留他们吃饭，用自己种的蔬菜招待大家。

□ **慈祥的林爷爷**

　　林伯渠担任陕甘宁边区政府主席期间，多次跋山涉水到各县进行调查研究。他不让市县与村里打招呼，仅带着一名勤务员、牵上一匹马、挂着一根棍子，走到田间地头，看到老乡就停下来与他们拉拉家常，了解他们的生活情况。晚上就坐在老乡家里的炕上，哪怕是"柴米油盐"也要细心过问。调皮的孩子甚至会趴在林伯渠的腿上摸他的胡子，因为他们知道，这不是什么大官，这就是慈祥的林爷爷。

｜扫码参观｜
延安革命纪念馆

不褪色的纪念碑

提示
TI SHI

佳县，矗立在黄河西岸石山之巅。丰厚的红色文化积淀，赋予这座陕北小城独特的精神气质。这里诞生了经典歌曲《东方红》，打响了具有转折意义的沙家店战役，毛泽东一系列重要文献在这里发表……1947 年 10 月 18 日，毛泽东专门为佳县人民题词："站在最大多数劳动人民的一面"，这是毛泽东平生唯一一次为县级机关题词，13 个字凝结的是党对佳县人民深深的感谢。

最高褒奖

去佳县采访前，记者翻阅了大量资料，关于记述中共中央在佳县 100 天的各类文献数不胜数。在浩如烟海的资料中，一张老照片吸引了记者的注意：高大的纪念碑矗立在街头，碑上字迹遒劲，正是毛泽东所书——站在最大多数劳动人民的一面。

在佳县的寻访，就是从这座纪念碑开始的。

一路问，一路找，终于，在佳县人民北路、古城街和凌云路的交会处，一个农贸市场附近，记者找到了"站在最大多数劳动人民的一面"的题词纪念碑。纪念碑两旁是林立的商铺，还有许多摆摊儿叫卖的商贩，烟火气十足。因为年代久远，朱红底色渐淡，但 13 个金色大字仍然夺目耀眼。

在佳县，"站在最大多数劳动人民的一面"这句题词已经深深植入这片土地的基因当中。

神泉堡革命纪念馆坐落在佳县佳芦镇神泉村，是全面展示党中央转战陕北革命历史的重要场馆。苗苗是馆内的讲解员，大学毕业后参加工作刚满一年的她，因为可以为家乡红色文化作宣传而倍感自豪。她告诉记者，毛泽东给佳县人民的题词，是对佳县人民的最高褒奖，也饱含着党与人民鱼水相依、血脉相连的深厚感情。

恩重如山

"在佳县的 100 天是中共中央转战过程中最艰险、最惊心动魄的 100 天。"在佳县文化和旅游文物广电局工作的作家刘亚莲说。她曾采访过毛泽东身边的警卫员石国瑞，并撰写了《毛主席在佳县》等文章。

刘亚莲说，石国瑞曾回忆，在佳县时，"一次，战士们帮村民摘豆角，发现豆蔓上只挂着几个零星的豆角，于是问老乡，怎么只结了这几个豆角？老乡说，为了支援前线，等不及豆角全部成熟，熟一个就摘一个……"

▼ 神泉堡革命纪念馆

▲ 刘亚莲

刘亚莲告诉记者："战役打响时，正是早秋时节，庄稼还没完全熟透。老百姓上山把没有成熟的庄稼收回来，在自家的大锅里烤干，连同家里余存的种子，都送上了前线。"

关于佳县人民支援革命的故事，在《党的群众路线简明历史读本》一书中有专门记述：1947 年秋天，正是解放战争进行到最困难的时候。陕甘宁晋绥联防军想把位于晋北与陕北交界的佳县打下来，以缓解胡宗南大军进犯陕甘宁边区的压力。临战却发现，胡宗南部已将这一带抢掠一空，部队由于极度缺粮根本无法打仗。毛泽东计算了一下，如果仗打三天，部队就需要 12 万斤粮食。他请来佳县县委书记张俊贤，让他想想办法。张俊贤说："把全县坚壁的粮食挖出来，够部队吃一天；把全县地里的青玉米和谷子收割了，还可以吃一天；剩下的一天，就把全县的羊和驴都杀了！"战役打响了，佳县百姓的支前队伍扛着拉着从各家各户凑来的粮食、驴和羊，共产党军队打到哪里，他们就一步不离地跟到哪里。彭德怀当年十分感慨地说："人民恩重如山啊！"

▼ 毛泽东题词纪念碑就坐落在佳县的闹市区

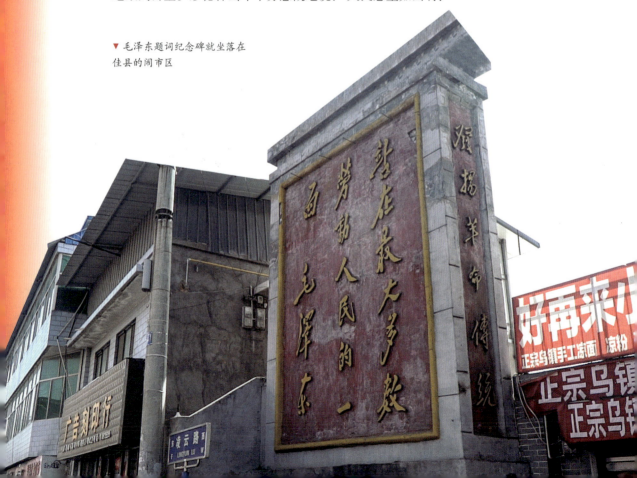

上　记者陈博雅（右）在佳县采访

下　记者高爽（左）在旧址广场采访当地村民

"最后一碗米用来做军粮，最后一尺布用来缝军衣，最后的老棉被盖在担架上，最后的亲骨肉送到战场上。"这首在解放战争时期被广泛传唱的支前民谣，亦是佳县百姓全力支援人民军队的生动写照。

正是因为这份厚重的情谊，1947年10月18日，毛泽东应佳县县委书记张俊贤的邀请，为佳县人民题词："站在最大多数劳动人民的一面。"当时题词是写在一块白布上，原件现保存在中国人民革命军事博物馆。说到题词的细节，刘亚莲说："当时没有书画纸，当地纸厂造的纸又不容易保存，于是决定用白布代替纸张。张俊贤派人去买布，店主听说是毛泽东题词用，连忙扯下二尺漂白布，说什么都不肯收钱。于是，便有了写在白布上的'站在最大多数劳动人民的一面'13个字的题词。"

速写
SU XIE
▽

誓言

云南省文山壮族苗族自治州麻栗坡县，位于中越边境。虽然地处边陲，麻栗坡的革命历史却相当厚重。在距离县城18公里的下金厂乡大坝村，完好保存着一处红色遗址——马列坡县人民民主政府。

马列坡县人民民主政府是麻栗坡县人民政府的前身，始建于1935年1月。1949年2月，中共桂滇边工委和滇东南工委进驻大坝村，开办干部训练班，培养出一批忠党爱国、德才兼备的干部。

1949年5月，麻栗坡县政府成立，新任县长梁惠带领县政府组成人员举行宣誓就职仪式。誓词中有这样一段："全心全意为人民服务，不叛变革命，不违背人民利益，不贪污腐化，坚决为建设新民主主义的麻栗坡而奋斗。若有违背誓言，愿受最严厉之处分。"这铮铮誓词，铿锵响亮，是共产党人决心接受胜利和执政的考验，进一步加强同人民群众血肉联系的庄严承诺。

今天，誓词中的字字句句依然在这片土地上回响。2020年5月，云

▲ 马列坡县人民民主政府旧址

南省政府发布公告，麻栗坡正式退出贫困县序列。为打赢脱贫攻坚战，全县组建由村小组干部、党员、"两代表一委员"、村民代表、致富带头人、光荣脱贫户等人员组成的1842支群众服务队，发挥了重要作用。旧址不远处坐着一位老人，他叫李仕明，时年83岁。因为身有残疾，李仕明一直是村里党员的重点扶持对象。得知记者到大坝村采访是为了庆祝建党百年，李仕明有些激动，还双手握拳做出鼓劲儿的动作。

| 扫码参观 |
神泉堡纪念馆

龙须沟不见了

提示

TI SHI

▽

　　龙须沟，曾是一条污水横流的排水沟，因老舍的同名话剧而家喻户晓。新中国成立后，党和政府下决心改善龙须沟的环境，因为关系着人民群众的生活和卫生环境。这一决定，震惊了整个北京城。70 多年后，记者来到"龙须沟"，这里已变成北京中轴线上一处楼房林立、环境优美的现代化小区——金鱼池中区。1000 余户居民中，仍有龙须沟 3 次改造的亲历者。

彻底改造

　　"'龙须沟'在天坛公园北边，新中国成立前是外城的一条排水明沟，城市污水和雨水都经'龙须沟'汇集，因为缺乏整治，这里成了北京最大的一条臭水沟，也是北京最大的贫民窟。"老舍纪念馆金鱼池分馆讲解员刘璐说，新中国成立后，"龙须沟"得到彻底改造，老舍以此为题材，创作了经典话剧《龙须沟》，后来又拍成电影。

　　"龙须沟"原址很好找，就在位于北京市东城区天坛北门附近的金鱼池。在去往金鱼池中区的路上，记者在金鱼池中街的南口，意外发现一座以老舍代表作为主形象的雕塑。顺着雕塑往北走 200 米，便是金鱼池中区。金

▲ 巨大的石雕提醒着人们，这里曾是"龙须沟"的所在地

鱼池中区里有很多与老舍《龙须沟》有关的元素，比如，在一处池塘旁修建了"小妞子"人物雕像。池塘南侧还竖有"龙须沟原址"的标牌，"那里就是原来的'龙须沟'。"金鱼池中区社区书记张婷婷介绍说。

1950 年 2 月，北京市决定彻底改造"龙须沟"，改变这一地区的环境面貌。"第一次改造时，我太小，只记得难闻的臭味没了，大人们个个笑逐颜开。"在"龙须沟"土生土长的徐亚兰回忆说。

"龙须沟"的第一次改造主要是把明沟改成了暗沟，还修了马路，安了电灯等配套设施，但街道和房屋基本保留原样。徐亚兰说："那时候，家家住的都是低矮的小平房。大约到 20 世纪 60 年代时，政府开始对'龙须沟'进行第二次改造。"1965 年，政府拆了破平房，盖起 53 栋简易楼。"老百姓住上楼房了，也有了上下水和厨房，跟以前一比，真是天上和地下。"徐亚兰说。

变了模样

随着社会发展，窄、小、低、薄的简易楼已渐渐不适应人民群众的生活要求了，于是，北京市政府于2001年对"龙须沟"进行了史无前例的第三次改造。"刚动迁时，街坊们都很兴奋，大伙儿恨不得每天到施工现场去，看看自家的楼是什么样子。"徐亚兰说，她也隔三差五去转转，"那时候没有能拍照的手机，要不，我就把整个改造过程拍下来了。"

为进一步满足群众需求，有关部门为回迁居民不同程度地增加了住房面积，由危改前的人均7.06平方米，增加到人均21.07平方米。2002年4月18日，居民们陆续领到回迁房的钥匙。当时的场景，徐亚兰至今难忘，她说："拿到钥匙的时候，我哭了。我们家住上了两室一厅的房子，高兴极了。"

历史上的"龙须沟"，原本叫金鱼池。经过第三次改造，"龙须沟"正式变身成花园小区。金鱼池小区分为东、中、西三部分，总计42栋居民楼，还有一所综合性学校，总建筑面积近30万平方米。据说，

▲ 昔日的龙须沟

▲ 金鱼池小区内的雕塑

▲ 徐亚兰经历了龙须沟的 3 次改造

在设计金鱼池小区时，政府部门就考虑到沿袭"金鱼池"这一历史文脉，专门在小区中央恢复了明清时期的金鱼池，也就是"小妞子"雕像守护的那片池塘。

金鱼池小区堪称"低密度花园洋房"，小区内多为 4 层或 6 层的板楼，绿化面积约为建筑面积的 1/4。"咱们小区在北京市中轴线上，又是二环内的黄金地段，普通人能住上这么好的小区，老舍先生可能也想不到。"徐亚兰说。

梦想成真

话剧《龙须沟》的尾声，程疯子唱起了快板书：

"给诸位，道大喜，人民政府了不起！了不起，修臭沟，上手儿先给咱们穷人修。请诸位，想周全，东单、西四、鼓楼前；还有那，先农坛，五坛八庙、颐和园；要讲修，都得修，为什么先管龙须沟？都只为，这儿脏，这儿臭，政府看着，心里真难受！好政府，爱穷人，教咱们干干净净大翻身。修了沟，又修路，好教咱们挺着腰板儿迈大步；迈大步，笑嘻嘻，劳动人民努力又心齐。齐努力，多作工，国泰民安享太平！"

如今，在经历"河道整治""平房上楼""简易楼危改"3 次大规模改造后，"龙须沟"已消失得无影无踪。为了铭记党和政府为老百姓做的大实事，金鱼池小区以多种形式记录历史。

在金鱼池中区的地下活动室，专门修建了老舍纪念馆金鱼池分馆，馆内陈列着《金鱼池变迁史图片展》，全面展示了 3 次改造的成果。

"龙须沟"71 年的变迁史，是党和政府重视民生、关注民生的缩影。为了铭记历史、感谢党恩，2004 年起，金鱼池小区的老百姓把每年的 4 月

18 日定为回迁纪念日，每逢这一天都会举办活动。这一纪念活动已持续了十多年，活动内容越来越丰富。

另外，金鱼池小区建成以来，当地街道和社区不断探索实践，将传承和发展金鱼池地区传统文化与社区治理服务相结合，探索居民共建共享新模式。截至 2021 年 3 月，金鱼池中区社区发展社区党员志愿者、在职党员志愿者等共 400 余名。"社区居民非常踊跃地参与志愿活动，因为大家都想把这优美的小区环境永远保持下去。"张婷婷说。

话剧《龙须沟》中，程疯子最大的梦想就是有一天，沟不臭，水又清，国泰民安享太平。在今天的金鱼池小区，梦想已经照进现实。

速写
SU XIE
▽

"穷棒子"不穷

西铺村位于遵化市城东约 20 公里的建明镇。3 月下旬的一天，记者专程从北京驱车三个多小时，寻访那个曾闻名全国的"穷棒子社"。

新中国成立后，"一穷二白"的农村怎样建设社会主义？1952 年，西铺村的共产党员王国藩带领 23 户贫农，依靠 3 条驴腿，创办了"穷棒子社"。王国藩曾说："他们说我们'穷棒子'，但我们人穷志不穷，只要有志气，什么困难都不怕。"很快，"穷棒子"便不穷了。在西铺村史馆，讲解员秦素芳介绍说："第二年，'穷棒子'社员们你追我赶，互相竞赛，牲畜不够就用人拉犁。结果，取得了大丰收。"不久之后，"穷棒子社"名声大振，成为全国农业战线上的先进典型和农业合作化运动中的一面旗帜。"不甘落后，团结互助，自力更生，艰苦奋斗，勤俭办事"的"穷棒子精神"，激励着一代又一代西铺

▲ 西铺村村史馆讲解员秦素芳

▲ 西铺村村史馆

村人奋勇前进。

当记者走进西铺村时，村路两旁随处可见反映"穷棒子社"的各种展板。一位村民对远道而来的记者说，西铺村是靠"穷棒子"起家和发家的，"穷棒子"精神就是西铺村的根、西铺人的魂。

在村史馆内，一张张泛黄的照片、一件件社员用过的实物、一份份褪色的档案资料，都记录了"穷棒子社"艰辛的发展历程。斗转星移，如今的西铺村早已旧貌换新颜。

离村史馆不远处，一座新建的"穷棒子历史博物馆"已经拔地而起。秦素芳说，"现在村里条件好了，但大家始终不忘'穷棒子精神'，朝着'产业兴旺、生态宜居、乡风文明、治理有效、生活富裕'的宏伟目标阔步前进。"

事实上，"穷棒子"这3个字早已成为西铺村最亮丽的名片，每天都有不少游客慕名前往西铺村的村史馆参观。为了进一步擦亮这张"红色名片"，西铺村正全力打造西铺"奋斗小镇"新形象。

"穷棒子社"自力更生、艰苦奋斗的故事还在继续，在乡村振兴的道路上，西铺村一定能够有更大的作为。

| 扫码参观 |
龙须沟金鱼池小区和纪念馆

三明的美
透着浓浓的幸福感

提示
TI SHI
▽

改革开放之初，我们党创造性地提出建设社会主义精神文明的战略任务，确定了"两手抓、两手都要硬"的战略方针。亿万人民在党的带领下，收获了精神文明发展的丰硕成果。福建省三明市是全国群众性精神文明创建活动的发源地之一，20 世纪 80 年代以来，三明人对精神文明的追求始终如一。如今，文明既是这座城市的文化因子、城市性格，又是这座城市奉献、骄傲与前行的动力。

一座文明城

在三明市，有一座特殊的展览馆——三明市精神文明建设展览馆。

这座展览馆是全国唯一一座精神文明建设专题展览馆。不久前，中宣部新命名 111 个全国爱国主义教育示范基地，三明市精神文明建设展览馆榜上有名。

三明市精神文明建设展览馆始建于 1986 年，展览内容全面展示了三明人民在党的领导下，将山区小镇建设成全国著名文明城市的奋斗历程。

20 世纪 80 年代初，三明在全国率先开展"五讲四美三热爱"活动，以治理"脏乱差"为突破口，"满意在三明""共建联创"等一个个首创思

▲ 日月星志愿服务不是一颗星，是满天星

▲ 在三明，随处可见这种倡导文明的宣传板

路和经验从这里起航。1984 年，第一次全国"五讲四美三热爱"活动工作会议在三明召开，"全国向三明学习，三明向全国学习"，这座山区小城由此以精神文明建设闻名全国。

1993 年，全国首次文明办主任会议在三明召开，全面总结推广"好在共建、贵在坚持、重在建设"的三明经验，三明再次成为全国精神文明建设的标杆。

2014年9月，纪念全国"五讲四美三热爱"活动30周年研讨会在三明举行，系统总结了30年来三明市群众性精神文明创建历程。值得一提的是，三明市精神文明建设展览馆新馆落成开馆，参加研讨会的代表们成为新馆的第一批观众。

到三明采访，记者对这座城市的好感，从抵达便开始了。机场内，每位工作人员的脸上都挂着微笑；机场外，出租车有序排列，司机师傅说话文明有礼。街路两旁，各类文明标语随处可见，志愿服务驿站里总有忙碌的身影。这些小细节从微观视角映照出这座城市的文明厚度和人们浓浓的幸福感。

一群志愿者

在志愿三明网站，记者看到这样一组数字：志愿者总人数346843名；团队总数量5272支，活动总时长1116835.1小时。根据三明市第七次全国人口普查主要数据，三明市常住人口2486450人，也就是说，在这座城市里，平均每7个人中就有一位志愿者。

志愿三明网站上有一份志愿服务时长排行榜。月排名第一位的志愿者叫陈惠青，她是日月星志愿服务驿站的志愿者。

日月星志愿服务驿站，是三明市群众性精神文明创建活动的品牌之一，曾荣获全国最佳志愿服务项目。"日月星"即三明，又取"日行一善、月积一德、星火燎原"之意。2015年以来，在原有各类驿站的基础上，整合优势资源，三明在全市打造了数十个日月星志愿服务驿站，按照"有统一名称标识、有固定场所、有志愿服务队伍、有管理制度、有服务项目"的标准建设。

记者了解到，日月星志愿服务驿站有三种特色做法：一是搭建"暖心平台"。设计志愿服务驿站手绘地图，引导有时间、意愿和能力的市民志愿者主动到就近的驿站参加志愿服务活动。二是提供"精准服务"。拓展延伸志愿服务项目，用爱心温暖整座城市。例如，供电光明驿站为市民全年无间断提供无线上网、应急充电等服务；行业窗口驿站利用沿街的优势，为迷路老人、被拐儿童"筑家"；公园广场驿站为户外工作者免费提供饮用水、加热饭菜、借雨具等服务。三是突出"个性主题"。万达广场志愿服务驿站开设一月一主题"好人公益微课堂"，捷龙广场驿站专门为文体爱好者提供广场舞、太极拳等项目的专业指导；起飞公园驿站为环卫工人提供开水、应急药品箱等服务。

为了体验一下"日月星"的服务，记者随机找到一处位于市中心的三明市职工服务中心办事大厅内的驿站。驿站配备了冰箱、药箱、微波炉、饮水机、消毒柜、雨伞等用品。工作人员以为记者是寻求帮助的人，立即起身询问，当记者说明来意，工作人员说："我们这里是一颗'星'，在三明，有'满天星'。"

两个普通人

万达广场志愿服务驿站是"满天星"里颇耀眼的一颗。采访当天，在驿站值班的志愿者是陆小均和陈惠青。陆小均每天早早出门，先把两名特校学生送到学校，再赶到驿站。为了让这两个孩子顺利上学，陆小均一送就是三年，风雨无阻。

万达广场志愿服务驿站因为地处繁华街区，人流量较大，寻求帮助的人也多。陈惠青说，大事小情都有，只要能帮上忙的，她都会竭尽全力。

"例如，帮助走失老人联系家人，把自备零钱送给着急乘车的人，把雨伞借给有需要的人，等等。"陈惠青说，特别是新冠肺炎疫情发生以来，驿站常备口罩和体温计。

陆小均告诉记者，陈惠青每天在驿站忙碌，其实她家里负担很重，"惠

▼ 志愿者陆小均（左）和陈惠青。

青大姐的老伴儿常年患病，她每天起早准备饭菜，结束志愿服务就赶回家照顾老伴儿。"

一座城市的美，不仅在于它整洁的街道、亮丽的景点，而且更依赖人与人之间的友善互动。在三明，像陆小均和陈惠青这样的志愿者有很多。陈惠青所在的志愿服务团队中，年龄涵盖"五〇后"到"九〇后"，大家都有一个共同的理念，就是坚持帮助别人，用自己的力量提升城市的文明程度。

速写
SU XIE
▽

集体回忆

最近，在沈阳小有名气的收藏爱好者郭俊东很忙。

为庆祝中国共产党成立100周年，他举办了好几场小型展览。不同版本的《中国共产党章程》，不同时期的优秀党员证书，还有各类党史相关藏品深受参观者的喜爱。其中一件藏品相当罕见，这本《小学生五讲四美一百图》是1981年5月由辽宁新少年杂志社出版的增刊，因为自己和这本增刊同龄，郭俊东对它相当珍视。

在《小学生五讲四美一百图》中，时任辽宁省委第一书记的郭峰亲自撰文，文中写道："正当全省青少年积极响应全国总工会、共青团中央、全国妇联等单位倡议，广泛开展'五讲''四美'活动的时候，我们迎来了'六一'国际儿童节。为了庆祝这一节日，推动'五讲''四美'活动的开展，我省新少年杂志社特为小朋友编绘了《小学生五讲四美一百图》……我希望小朋友们能够珍惜它、学习它，使之成为你们的学习准则。"这本增刊的编排很有创意，100张图片均为手绘漫画，

▲ "五讲四美"是许多中国人的集体回忆

十分生动。例如，第一张图是两名佩戴红领巾的小学生通过半导体和图书学习"五讲""四美"，图片配发文字"'五讲''四美'要做到，新道德，记心间，行为准则做指南"。"有次办展，展出了这几个藏品。一位'七〇后'参观者对我说，小学时同学们自发创作了不少关于'五讲四美'的快板和顺口溜。"郭俊东说，"这个参观者还唱了几句小时候跳皮筋时唱的以'五讲四美'为内容的歌谣"。

同为收藏爱好者的鞍山市民孙凯，藏有一份1983年1月7日的新华社新闻稿。其中一篇文章报道了从"五讲四美"到"五讲四美三热爱"的发展历程：1983年1月7日，人民日报发表的《把"五讲四美"同"三热爱"统一起来》的评论员文章指出，把"五讲四美"同"三热爱"统一起来，可以使"五讲四美"活动的思想水平大大提高一步……热爱祖国、热爱社会主义、热爱中国共产党，本来就包括在"五讲四美"的内涵里……做到"三热爱"，就是抓住了"五讲四美"最重要之点，抓住了它的精髓。

一切为了乡亲们

提示
TI SHI
▽

2021 年 2 月 25 日，一个人类历史上里程碑式的日子。就在这一天，中国向世界庄严宣告，中国脱贫攻坚战取得了全面胜利，现行标准下 9899 万农村贫困人口全部脱贫，832 个贫困县全部摘帽，12.8 万个贫困村全部出列，区域性整体贫困得到解决，完成了消除绝对贫困的艰巨任务！这是中国人民的伟大光荣，是人类减贫史上的奇迹。广大战斗在扶贫一线的党员干部是这场历史性战役中的尖兵。

特殊的贡献

为打赢脱贫攻坚战、深入实施乡村振兴战略，按照省委部署要求，辽宁从党政机关和企事业单位大规模选派干部到乡镇和村工作。2018 年以来，分三批共选派 2.02 万名干部，实现全省 839 个乡镇和 1.17 万个村全覆盖。

为了农村群众能够过上好日子，2.02 万名辽宁选派干部与广大农村群众一起，在希望的田野上挥洒汗水、播种希望，共同收获丰收的喜悦。在过去的几年里，在我省贫困乡村的田间地头，在群众最需要的地方，都能看到驻村干部的身影。把根深深扎在了自己所服务的乡镇和村庄，坚守一线，履职尽责，扎实开展工作，齐心协力担负起实施乡村振兴战略、坚决

▲ 驻村"第一书记"群体在脱贫攻坚战过程中发挥了重要作用

打赢打好脱贫攻坚战的职责使命。

历史终将记录下他们做出的贡献：

2018 年，全省选派干部帮助乡村引进致富项目 5680 个，协调投入各类资金 35.5 亿元，培育支柱和特色产业 4276 个，修建农田水利设施项目 5400 余处，村路 2.3 万公里，减少村级集体经济空壳村 1681 个，带动 15.43 万人脱贫，519 个贫困村销号，6 个省级贫困县摘帽；

2019 年，帮助乡村引进和培育产业项目 7900 余个，协调投入各类资金 69.9 亿元，修建农田水利设施项目 6900 余个，村路 1.8 万公里，帮助村集体增加收入 4 亿余元，减少建档立卡贫困人口 13.25 万人，带动 128 个贫困村销号，5 个省级贫困县摘帽；

2020 年，新冠肺炎疫情期间，带头参与卡点值守 30.9 万人次，入户排查 104.5 万户次，累计筹措防疫物资 90.3 万件，走访慰问贫困户、五保户等 6.1 万人次，个人出资购买生活用品和防疫物资 10.6 万件，提供"代办""跑腿"等便民服务 7.9 万次，帮助 12.2 万农户、2000 个农民合作社，销售农产品 1.5 万吨，帮助乡村企业解决用工、原料配送等问题 5000 余个，推动 9000 多家企业复工复产……他们人民至上的情怀、全心全意为人民服务的身影将永远装在农村群众的心里。

再苦也幸福

5 月 11 日，在沈阳理工大学科学会堂 206 会议室，一场以脱贫攻坚为主题的党史学习教育中，沈阳理工大学的两位选派干部成为主角。

高杨是沈阳理工大学派驻抚顺市清原满族自治县湾甸子镇红树沟村驻村工作队队员，自 2017 年 12 月开始在红树沟村工作。回忆起这三年的经历，他深有感触：第一次参加村党员大会，人员不齐、迟到早退，大声喧哗，这是我见到最乱的会议，对我的触动很大，通过与村"两委"班子成员交流谈心，在村民中走访谈话，工作队对村"两委"存在的问题进行了认真总结，加强了党支部的领导地位，发挥了党支部的引领作用。工作队在学校的支持下建设了中药材加工厂和冷库项目，实现全村人均增加收入 2000 余元，还帮助 50 多户建档立卡贫困户寻找增收项目，协调医护人员为村民义诊。

教师许晓政是 2019 年 11 月派驻到朝阳北票

▲ 记者高爽（右）与大学生们互动

人民至上　　　1921　　2021

市宝国老镇的选派干部。结合自己艺术设计专业特长，他把"设计扶贫"作为工作的着眼点，将设计的实用性与乡村迫切需求的农业文化推广、农产品销售包装方面相结合，已经完成了宝国老镇老寨川20公里景观绿廊工程提供方案与效果图和"吕梁山""老寨川"的2个地区品牌的设计工作。同时，他还发挥桥梁纽带作用，联合沈阳理工大学和镇上的中小学校共同实施乡村美育浸润行动。

两名选派干部的发言，特别是他们现场展示的驻村工作照片，让与会者如身临扶贫一线，那些屏幕上出现的美丽乡村图景、一张张乡村儿童的笑脸，更让大家看到了脱贫攻坚的伟大成就。高杨说：扶贫之路道阻且艰，但看到农村群众生活改善，再苦也幸福。这一路征途尝遍的苦辣酸咸甜让我的人生不乏味，更值得我一生回味。

大地的儿女

活动中还有一个特别的读书分享环节，所读之书是2020年省作家协会组织编写的报告文学集《驻村第一书记》，30位作家笔下的30位驻村"第一书记"，就是辽宁2.02万名选派干部中的优秀代表，他们的故事从多个侧面展现了我省决胜脱贫攻坚的先进群像。

在作家笔下，不仅仅有上面提到的这些数字，更是一个个感人的故事，一次次选派干部与当地群众心与心的交流。作品分享会上，参加活动的学生逐一分享书中的感人段落："怎么办？杨松涛无法入眠，问自己，也问浩渺苍穹。一夜辗转反侧，最后的结论是，无论怎么想都是纸上谈兵，只有让村民尝到甜头摸到实处，他们才能相信，马城子不仅可以种玉米糊口，还可以靠自己的双手、聪明的头脑养家，他要让那些被迫出去打工、骨肉分离的男人和女人跟他们的老人和孩子在一起，让他们从遥远的地方，回家。""路，修好了。宋楠楠在群众中的称谓，从'小宋书记'变成了有本事的'小宋书记'。宋楠楠没有停歇，吹响了向生产广度和深度进军的号角。摸爬滚打中，他成了一个地道的庄稼把式。""整整72小时的奋战，后牧城驿村的抢险救灾终于告一段落。村民无一伤亡。受灾村民张大爷握着葛占东的手说:'你这城里的孩子,还真行!'葛占东也笑了,他看了一眼大爷家的小孙女,正安稳地睡在安置点的床上,他感到十分欣慰。"

参与《驻村第一书记》创作的辽宁作家钟素艳、韩文鑫、聂与也在现场分享了他们的采访和创作感受。正如聂与所说:驻村"第一书记"们是真真正正地把村民当成了亲人,靠自己的真心为民、有效沟通和一颗诚心感动了他们,这也是为什么我会把这篇作品命名为《我们是大地的儿女》。所有驻村"第一书记",都可以说是大地的儿女。伟大的脱贫攻坚战是文学创作的富矿,离开了土地和人民,我们什么也不是。

声音
SHENG YIN
▽

党员本色

驻村"第一书记"的故事深深打动了参加《驻村第一书记》作品分享会的沈阳理工大学的师生们。

装备工程学院教师万仁毅说:这次活动给我的感受是,要仰望星空,还要脚踏大地,要俯身拥抱这片滋养我们的辽沈大地。作家们讲述的驻村"第一书记"的感人故事,让我更加深刻地体会到了在中国共产党领导下彻底打赢脱贫攻坚战的艰辛和伟大。

武器发射工程专业学生史芳颖说:我们沈阳理工大学派出的两位扶贫干部的讲述和作家们讲述的几位优秀驻村"第一书记"的故事让我感慨万千,他们把村民当亲人,真心实意为群众办实事,舍小家为大家,体现了共产党人的真正本色。虽然工作条件艰苦,常常顾不上家里的事,但他们没有抱怨,没有过多考虑自身的利益,在党和人民需要的时候,他们坚定地选择来到扶贫一线。作为一名共产党员,我要向他们学习,未来在自己的工作岗位上履行好自己的职责,担当起建设国家的重任。

探测制导与控制技术专业学生董思彤说:驻村"第一书记"是我们生

活和工作中的楷模和榜样。参加今天的活动对我来说很有意义，因为了解到了很多发生在脱贫攻坚战第一线的感人事迹。听了驻村"第一书记"的讲述，我看到了自己过去并不熟悉的一种人生。作为一名新时代的大学生，我希望，未来自己也能在充满意义和价值的岗位上，为国家发展贡献力量。

| 扫码观看 |
作协第一书记座谈活动全程

关 键 词　红医精神

实地采访　中国医科大学校史馆

"红医"又出发了

提示
TI SHI
▽

2020年，新冠疫情来袭，广大医务工作者身先士卒、英勇逆行的身影，赢得了全国人民的赞誉。他们的壮举是我们党以人民为中心的发展思想的生动注脚。今天，在辽宁，被誉为"红色医生的摇篮"的中国医科大学，重新踏上昔日的长征路，用实际行动续写着"红医"始终把人民群众生命安全和身体健康放在首位的鲜活故事。

红色医生的摇篮

1931，瑞金；1934，长征；1940，延安；1946，兴山；1948，沈阳……走进中国医科大学校史馆，浮雕上的年份与地名让人不由得追忆往昔峥嵘岁月。中国医科大学马克思主义学院教授运怀英说，每一届医大新生都会沿着这个时空坐标，重温"红医"的故事，回望"红医"的历史。

中国医科大学是我们党最早创建的院校，前身为中国工农红军军医学校，1931年11月成立于江西瑞金，毛泽东为学校确定了办学方针：培养"政治坚定、技术优良的红色医生"。这所学校是全国唯一一所以完整建制，跟随党走完二万五千里长征，与党中央一起到达延安的学校，被誉为"红色医生的摇篮"。

▲ 延安时期，中国医科大学校门

长征路上，学校师生一边救护，一边学习；

在延安，学校设立门诊所，专为附近群众治病，并通过举办卫生展览等方式开展卫生教育，还经常派出医疗队帮助地方进行流行性疾病的防治；

抗日战争中，根据地缺乏药品和标准血清，学校试制生产 35 万支牛痘疫苗，为边区军民服务；

解放战争中，学校承担了大批伤员的抢救任务。学校第十八期毕业生王素孚在一篇文章中写道："有人说外科手术刀就是剑，那么一名外科医生就应该永远是一名战士，在为全人类的彻底解放而进行的战斗里，在保卫人民健康的岗位上，他应该永远站在最前沿。"

……

2020 年新冠肺炎疫情突如其来，在这个没有硝烟的战场，中国医科大学的"红医"同样义无反顾。自 2020 年 2 月至今，全校共有 798 人次参加抗疫。只要党和人民需要，他们就毫不犹豫地站到第一线。

"全心全意为人民健康服务，是我们在办学办医过程中，自觉的、习惯性的精神价值追求，是我们集体人格的重要呈现。"中国医科大学党委书记宫福清说。

信念始终不变

时光荏苒，这支跟随红军长征的"红医"队伍，不断发展壮大。新一代"红医"一样奋战在为人民健康保驾护航的道路上。

延安是中国革命的摇篮，中国医科大学曾扎根于此。今天，一批批"红医"回到延安，开展医疗帮扶，为老百姓提供更好的医疗服务。

樊军是土生土长的延安人，他告诉记者，小时候经常听老辈人提起红军医生，前两年妹妹生病，他四处求医，打听到中国医科大学附属盛京医院的刘彩刚医生擅长治疗乳腺疾病。恰好当时刘彩刚正在延安市人民医院开展医疗帮扶。"手术很顺利，听说这种情况的手术要两三个小时，但刘医生不到半小时就做完了，效果很好。"提起刘彩刚，樊军满是感激。中国医科大学医院管理处处长范春明说，2012 年 7 月，延安市人民医院挂牌"中国医科大学延安医院"，并成为中国医科大学非直属医院。这些年来，学校先后选派 36 批 181 名专家赴该院工作。这些专家经常深入基层，为当地百姓义诊。多年来，他们的足迹遍布延安 13 个县区，风雨无阻。

对于新疆维吾尔自治区的帮扶，"红医"更是倾尽全力。记者了解到，中国医科大学独自承担起辽宁医疗人才"组团式"援疆的重任，自 2016 年开始，共派出近 200 名专家，送去先进的医疗技术和经验，并帮当地建立了一支支带不走的医疗队。"他们远离家乡，一身素白的衣裳，朴实而圣洁的形象诠释着职业特有的内涵，我由衷地感激这些可敬的白衣天使……"这是塔城市裕民县一名患者写来的感谢信。

时代在变，环境在变，但"红医"为人民健康服务的信念始终不变。他们将这种精神、这份坚守，带到了海拔 4500 米的羌塘高原。班允超是中国医科大学附属第一医院的医生，2018 年，他在那曲市人民医院帮扶期间，遇到一例罕见的前颅窝底硬脑膜动静脉瘘患者。患者送来时一切指标都显示生机渺茫，不做手术很快会死亡，开颅之后也可能井喷式出血。为了挽救患者生命，班允超毅然选择为患者做手术。手术持续了 10 个小时，班允超吸着氧坚持完成，最终将患者从死亡线上拉了回来。

▲ 建党百年，中国医科大学义诊医疗队回到当年跟随红军出发的地方
——江西省赣州市于都县，正式启动大型义诊活动

反哺老区人民

"中国共产党人的初心和使命就是为中国人民谋幸福、为中华民族谋复兴。党中央想的就是千方百计让老百姓都能过上好日子。中国医科大学流淌着红色血液、延续着红色基因，培养更多更优秀的医疗人才，让老百姓得到更好的医疗救治是我们的初心和使命。"宫福清说。

2021 年是中国共产党成立 100 周年，也是中国医科大学建校 90 周年。为进一步继承光荣革命传统、扎实服务社会，献礼建党百年，中国医科大学决定组织开展"新长征，再出发"大型义诊活动。

2021 年 4 月 24 日，义诊医疗队回到当年跟随红军出发的地方——江西省赣州市于都县。从那里正式启动大型义诊活动，开启新的长征。

出发的第二天，首批9支医疗队下沉到赣州市下辖的9个县。尽管当天下着雨，但阻挡不了"红医"送医到老区的热情。医疗队成员、中国医科大学附属第一医院副院长辛世杰说："作为最早为红军服务的医院，医院和医生的成长与我们党领导的革命进程紧密相连。这里多个市县都是'红医'追随红军战斗过的地方。"能够用实际行动反哺革命老区人民，辛世杰感到无比自豪。

听说"红医"到老区义诊了，不少老百姓纷纷赶来。为了提供更全面更细致的医疗服务，辛世杰带领医疗队详细记下每个患者的情况，同时充分发挥智慧医疗平台的作用，让患者今后可以在线找专家咨询和诊疗。

记者了解到，此次义诊将持续到7月15日，中国医科大学组织了由学校师生代表、各地校友、红医联盟院校代表等组成的90支医疗队，将在红军长征及中国医科大学迁徙途经的16个省，包括学校办学地点、对口支援单位和辽宁省内，选择具有历史意义的100个县开展义诊活动。

史说
SHI SHUO
▽

珍贵的毕业证

中国医科大学校史馆里珍藏着一张意义非凡的毕业证。这张毕业证来自红军卫校第十四期学员，是中国医科大学红色历程的历史见证。证书上清晰地印着第十四期学员彭国英修业期满成绩及格准予毕业的字样，还印有毛泽东的一句题词——救死扶伤，实行革命的人道主义。

"救死扶伤，实行革命的人道主义"这句话在当下被许多医务工作者当作座右铭，但很多人或许并不知道这句话是毛泽东为中国医科大学第一期学员（红军卫校第十四期学员）而题。

卫校跟随红军长征到达陕北后，由张村驿迁到延安，校址设在延安东门外的柳树店。1940年秋，毛泽东来到学校，为师生们作报告。毛泽东说：你们在党的领导下，从江西中央苏区的"卫生小学"，经过二万五千里长征的锻炼，现在成长为"卫生中学"了。我们的革命军队从无到有，从小到大，是因为我们能为群众谋利益，为全国广大工农群众所拥护，我们一定能够战胜敌人，建设一个新中国。全校师生受到极大鼓舞。同年9月，经毛泽东提议，卫校正式更名为中国医科大学。

1941年，红军卫生学校第十四期学员也就是更名后的中国医科大学第一期毕业生即将毕业。毕业前夕，同学们热切希望毛泽东能题词留念。校长王斌向毛泽东转达了学生们的愿望。毛泽东欣然答应，用毛笔题写了"救死扶伤，实行革命的人道主义"十三个字。

此后，学校决定将毛泽东题写的"救死扶伤，实行革命的人道主义"印制在第十四期的毕业证书上。于是，1941年7月15日，第十四期的61名毕业生得到了这份珍贵的毕业证书。

关 键 词　血脉相连

 实地采访　湖南、福建、陕西、江西、云南以及北京等地

说不尽的故事

提示
TI SHI
▽

这一路，说不尽的故事。在党的历史上，关于党群关系有许多形象的比喻，如"鱼水关系""血肉联系"等。这些比喻并非政治标签，也不是概念术语，而是经过百年风雨同舟、命运与共，千锤百炼凝结而成的真知灼见。采访路上的每一站，都印证了这一点。

四个年轻人

> 本报记者　金珂含
> 地　　点　陕西·延安大学

在延安大学采访时，偶遇 4 个年轻人。他们来自四川大学，是 2020 级马克思主义理论专业的研究生。他们到延安大学来，是为了调研延安精神在当地脱贫攻坚工作中的引领作用。问及为什么要选择延安作为调研地点时，曹雪滢说："延安地区有特殊的历史与现实背景，这里拥有中国共产党在革命时期形成的延安精神，并且如今也取得了丰富的脱贫攻坚成果。"延安大学是新时代延安精神传播中心。这些青年学生站在大学校园里，与我们交谈他们心中的为人民服务精神、新时期党群关系。我们在这里相遇，我们心中有梦，眼里有光。

一炷香的光亮

本报记者　陈博雅

地　　点　陕西·榆林市佳县

在陕西省榆林市佳县采访，受访者是作家刘亚莲。知性干练，是刘亚莲给记者留下的第一印象。但谈到佳县人民和子弟兵的故事时，她一次次啜泣哽咽。

刘亚莲告诉记者，当年为了支援前线，佳县人民为战士们赶制军鞋，由于当时没有煤油灯，佳县百姓就在耳朵上别一炷香，利用香头的一点点光亮缝制军鞋。

军爱民，民拥军，在那段最艰难的日子里，佳县人民和战士们血肉相依。如今在佳县，这种党和人民血脉相连的故事仍在延续着。

从"龙须沟"到"金鱼池"

本报记者　卢立业

地　　点　北京·天坛路87号金鱼池小区

提到《龙须沟》，大多数人都知道，是老舍的代表作之一。

但说起龙须沟的巨变，如今北京金鱼池小区的老户，才能说明白。记者采访的老户叫徐亚兰，她亲眼见证了龙须沟的三次改造。

众所周知，小区环境好不好，不仅是物业的事，也是每个居民的事。在金鱼池小区，居民都知道因为三次改造，昔日"龙须沟"才变成了今天的"金鱼池"，"经历过苦，所以格外珍惜今天的优美环境。"徐亚兰说。

龙须沟的改造史，从一个侧面反映了党和政府对人民群众生活的深切关怀。

小山村里的党旗

本报记者　张　昕

地　　点　云南·文山壮族苗族自治州麻栗坡县

　　云南省文山壮族苗族自治州麻栗坡县，地处中越边境。我们前往的下金厂乡大坝村，海拔 1680 米，全是盘山路，狭窄且弯路多，20 公里长的路，司机要开上 50 分钟。这样一个边陲山村，让记者最难忘的是家家户户都挂着党旗、国旗。在蓝天白云的衬托下，红色的旗帜格外夺目。背着孙子在村里小广场晒太阳的陈大姐说，她嫁到这个村快 30 年了，过去穷啊，吃了这顿想下顿，现在想吃啥去超市，上网买也行。"如果没有共产党，这日子谁敢想？"开超市的刘成华是党员，她说 2020 年 5 月全县脱贫了，"咱们村的党员都为脱贫出了力。老百姓心里都感谢党，觉得在自家挂党旗、国旗，是一件十分光荣的事"。

三明人的幸福感

本报记者　张　昕

地　　点　福建·三明市

　　记者对福建省三明市的第一印象，来自当地的出租车司机郭师傅。郭师傅穿着干净笔挺的夹克外套，说起话来非常斯文有礼，车内环境也让他收拾得十分整洁。

　　一路上，郭师傅不断向记者介绍三明的好——你看我们的街道多平坦，绿化覆盖率多高；看到我们的各种文明标语了吗？每天看，入脑入心；我们的社区很干净，大家都很爱护环境……经过他的"洗脑"，记者也觉得三明处处扑面而来的城市文明新风，对这座城市颇有好感。

　　在三明的两天，记者接触到不少三明人。有误把记者当求助者的办事

▲ 记者张昕（左一）在三明采访当地志愿者

大厅工作人员，有吃饭时听出我们外地口音主动介绍会员特价菜的服务员，也有虽然疲惫但是每天都很快乐的志愿者……那一张张笑脸让人难忘。

我一直在想，是什么让三明人的脸上洋溢着幸福的笑容？是精神文明建设水平的提升。文明，让每个人更有幸福感、安全感。

咱们文明有力量。

家住安源

本报记者　陈博雅

地　　点　江西·萍乡市安源区

一位叫陈锦明的老人让我印象深刻。64 岁的他在江西萍乡生活了 50 多年，经营着一家黑茶馆。"来我这儿喝茶的外地游客，我都主动推荐他们去安源路矿工人运动纪念馆那边看看。有时候店里不忙，我就跟着他们一起去。"陈锦明说。问到对安源红色资源的感受时，陈锦明脱口而出"骄傲"二字。他说，现在大家都在学党史，作为安源人，他也想多宣传安源的红色故事。

从茶馆出来，遇到几个年轻人。他们向记者打听纪念馆怎么走，记者认真地指路，好像自己也是安源人。

难忘奶奶的话

本报记者　陈博雅

地　　点　湖南·郴州市汝城县文明瑶族乡沙洲瑶族村

朱分永是"半条被子"故事的主人公徐解秀的长孙。

采访时，他告诉记者，徐解秀生前总是念叨"红军是好人，共产党是好人，一定要跟党走"。奶奶说的话，他始终牢记于心。朱分永曾担任沙洲村党支部书记，他组织村民修路、架设高压线、铺设管道，解决了村民的生活难题。如今，沙洲村打造"红色文旅＋绿色产业＋古色山水"模式，大力发展乡村旅游及水果种植，村民的日子越过越红火。现在，朱分永在"半条被子的温暖"专题陈列馆做义务讲解员，将奶奶和红军的故事讲给更多的人听。

兴国英名碑

本报记者　金珂含

地　　点　江西·赣州市兴国县

"万里长征路，里里兴国魂"。兴国，著名的红军县、将军县、苏区模范县、"中华烈士第一县"。这片无数将士浴血奋战的红土地，是记者实地采访的重要一站。

苍松翠柏，绿树成荫。清晨的阳光透过树叶的缝隙洒落下来，直映到兴国烈士陵园内那条几乎高不见顶、长不见边的英名碑廊。碑上刻着全县23179位烈士的英名，每位烈士的名字在阳光照耀下分外清晰，熠熠生辉。

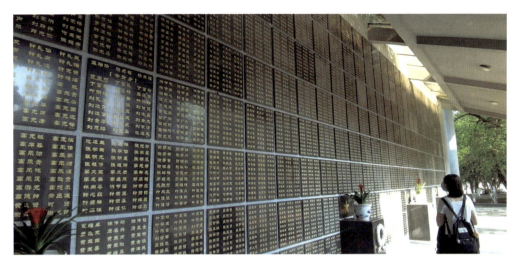

▲ 记者金珂含在兴国烈士陵园采访

　　英名碑上的名单是按照乡、镇、村、户划分的，我们不知道这些名字是谁的父亲，是谁的丈夫，又是谁的儿子。当年兴国全县有 23 万人口，9.3 万人参军，占青壮年的 80%。母送子、妻送郎、兄弟并肩上战场，兴国人民以最朴实的情感支持着党，这份情感令人动容。

"我志愿加入中国共产党！"

提示
TI SHI
▽

为庆祝中国共产党成立100周年，一场特别的入党宣誓仪式在抚顺举行。此次活动是辽宁日报融媒体主题活动"我爱中国共产党"其中的一站，参与者是100名一线工人。在领誓人的带领下，他们面向党旗庄严宣誓。

老师傅的愿望

4月30日10时，100名工人身着整齐的工装站在广场上。抚顺新钢铁有限责任公司党委副书记龙治风告诉记者，为庆祝建党百年，公司将2021年度新发展的100名优秀的入党积极分子聚集在此，隆重举行入党宣誓。

领誓人孙鹏站在队伍的角落里，不停背诵着入党誓词，生怕在宣誓环节出一点儿差错。参加宣誓活动的马春鹏说："入党一直是我的愿望，能在建党百年这个重要时间节点成为一名党员，我特别激动。""我志愿加入中国共产党，拥护党的纲领，遵守党的章程……永不叛党。"100名工人在领誓人的带领下庄严宣誓，洪亮的声音在新建的智造中心广场上空回荡。

看到这个场景，制造管理部维修作业二区的工人师傅杨阳感慨万千。杨阳说，自己当年入党的时候，没有举行这么大型的仪式，但大家的心情是一样的。他记得，自己刚进厂时，老师傅个个都是党员，他们手把手带徒弟，毫不保留地把经验传授给新人。"他们的一举一动就是我对党员群体最深刻的印象。"杨阳说，"一转眼我也成了'老师傅'，现在我也经常对徒弟们说，当工人就得认真负责、一丝不苟。"看着入党宣誓的队伍里有那么多自己的徒弟，杨阳觉得挺欣慰，"希望他们能够发挥党员的模范带头作用，做好表率。"

团队的法宝

宣誓仪式后，抚顺市总工会副主席张宏，抚顺新钢铁有限责任公司党委书记宋亚庆，抚顺新钢铁有限责任公司常务副总经理吴明德，《辽宁日报》记者张昕以及工人代表崔楠，就学好党史等话题进行了热烈的讨论。

吴明德是公司精细化管理工作室的带头人，他带领的团队在2021年辽宁五一劳动奖表彰大会上获得"辽宁工人先锋号"荣誉称号。

当记者问吴明德是怎样带领团队时，他说："一个团队若想不断提升和发展，就要关注每名员工的切身利益。全心全意为每名员工服务，是团队的'制胜法宝'。"他认为，企业的发展离不开"人"，只有关注每名员工所关注的问题，企业才会长足发展。

当谈及如何在日常工作中发挥先锋模范作用，崔楠告诉记者，耳濡目

▼ 抚顺百名工
人入党宣誓

染相当重要。自己刚参加工作时，每天看到车间的党员专挑最累的活干，抢着加班。现在自己在专业工程师的岗位上，由于工作的繁杂以及其他原因，同事间难免在工作中出现矛盾和问题，在这种情况下，党员就要不断加强党性修养，增强党的纪律观念，积极主动开展恳谈等活动，推心置腹进行坦诚的交流，化解误会，达成共识，凝成合力。

工人的心里话

活动当天，现场气氛热烈，不时有人举手与记者及嘉宾互动。来自老中青三代的工人党员代表，也分享了自己的感悟。

孙士红是全国钢铁工业劳模、辽宁五一劳动奖章获得者。谈到多年一线工作的感受时，孙士红说："要干好工作，就要一步一个脚印。每天都有进步，每天都有提升。"以此为信条，孙士红从一名普通工人逐步当上了班长、值班作业长。

公司志愿者协会会长于敬民是土生土长的抚顺人，从小听着学雷锋的歌曲长大，也经常到雷锋纪念馆参加活动。他说："咱们抚顺有很丰富的红色资源，要学好党史可以先从学习雷锋精神开始。把雷锋精神融入日常的生产和生活，热爱集体，热爱工作，努力钻研，奋勇争先，这些精神正是我们工作中所需要的。"

在炼钢厂天车作业区工作的工程师王立军来自吉林省。大学毕业后，王立军选择在抚顺发展事业，他说："我很看好抚顺新钢铁的发展，也对抚顺这座雷锋城有信心。"

"1958年，我们厂是依靠全省共产党员的党费建立起来的。可以说，这段历史正反映了党和人民群众紧密相连的鱼水关系。"宋亚庆说，"为了加强党史学习教育，2021年，公司陆续组织开展党课巡讲、红色印记寻访等一系列活动，广大员工的积极性很高。"

最爱上网学党史

在抚顺市总工会的倡导下，共有 10325 名工人参与了由辽宁日报《北国》新闻客户端发起的"工人学党史"问卷调查活动。调查数据显示，约 20% 的受访者通过图书看党史，近三成受访者主要是通过看电视了解党史知识，有超过 33% 的受访者是通过互联网学习党史知识，占比最高。

关于"如何激发工人群体学习党史的兴趣"一题，有 29.6% 的受访者表示希望多出品党史题材的影视剧，超过 31% 的受访者表示看过《铁道游击队》等经典影视作品，占比在几个选项中最高，《建党伟业》《觉醒年代》等影视作品也有不少粉丝支持。

在"你最喜欢唱哪些红歌"一题中，选择《咱们工人有力量》《团结就是力量》《歌唱祖国》几首歌曲的人最多，分别有 25.5%、28.1% 和 25.4%，选择《我们走在大路上》的有 21%。

在"最打动你的英模事迹"一题中，选择"雷锋"的人数将近一半，还有 31.6% 的受访者选择了"王进喜"。关于"在哪儿学党史最有效"一题中，大多数人选择了红色遗迹和红色展馆。

在"青年党员如何发挥先锋模范作用"一题中，有 33.8% 的受访者选择了"增强责任心，在工作岗位上一丝不苟"，28.3% 的人认为应该"主动帮助有困难的同志解决问题"，还有 28.6% 的受访者表示"遇到问题不推诿，主动想办法解决"。

▼ 活动当天，记者随机采访工人

┃扫码观看┃
抚顺百名工人入党活动全程

力量

第三章

同心同向

江山就是人民，人民就是江山。

在党史学习教育动员大会上，习近平总书记深情回顾："大革命失败后，30多万牺牲的革命者中大部分是跟随我们党闹革命的人民群众；红军时期，人民群众就是党和人民军队的铜墙铁壁；抗日战争时期，我们党广泛发动群众，使日本侵略者陷入了人民战争的汪洋大海；淮海战役胜利是靠老百姓用小车推出来的，渡江战役胜利是靠老百姓用小船划出来的；社会主义革命和建设的成就是人民群众干出来的；改革开放的历史伟剧是亿万人民群众主演的。"

回首百年峥嵘路，人民是历史的创造者，人民是真正的英雄。中国共产党正因为始终站在最广大人民之中，坚持一切为了人民、一切依靠人民，才能够经受住一次又一次历史考验，闯过一个又一个历史关口，开创中华民族发展史、人类社会进步史上令世界为之惊叹的奇迹。

本期特刊的主题便以"力量"为名。我们从波澜壮阔的百年党史中选取几个具有代表性的重要节点，重访几处与革命、建设和改革伟大实践相关的历史现场，由之见证党如何团结带领人民开辟伟大道路，建立伟大功业，铸就伟大精神。

上海是中国工人运动的发祥地，存有丰富的史料和遗址。我们将专家学者邀请到工运文化遗址，一边查阅文献一边浏览文物，从一个个名字说起，一起翻开那段冲破"昏雾黑霾"的轰烈历史。

北京丰台宛平城，中国人民抗日战争纪念馆里，我们的采访从一座雕塑开始。雕塑人物的名字叫邓玉芬，一位普通的农村妇女。抗日战争期间，她冒着生命危险掩护和救治八路军战士，丈夫和五个儿子相继战死沙场。

在淮海战役纪念馆，一件国家一级文物时常被提起，那是一根小竹竿，上面刻满密密麻麻的小字。竹竿的主人唐和恩，推着小推车支前，走了数千公里，为淮海战役胜利作出了突出贡献。

在中国水利博物馆，馆长陈永明说"千军万马上淮河"一点不夸张。1950年冬天到1951年，近300万人投入治淮一线，168公里长的苏北灌溉总渠，8000多万立方米的工程任务，仅用80多天就完成了，谁不赞叹中国速度和人民力量。

鸭绿江断桥上，来自海内外的参观者络绎不绝。70多年前丹东人民喊出的口号——"要人给人，要物给物，要血给血，要什么就给什么，要多少就给多少"——已经凝结成一种精神，融入这座英雄城市的基因。

凤阳小岗村里，我们找到了"18位农民"中的关友江和严宏昌。说起当年的"敢为人先"，俩人笑得憨厚，说得实在："当时我们想的就是种好粮食、填饱肚子，没想到能获得党中央的大力支持。"

齐齐哈尔市泰来县有一座抗洪纪念馆，那里陈列着1998年抗洪军民与惊涛骇浪搏斗，安全转移20万名群众的战果；阿坝藏族羌族自治州汶川县映秀镇，红旗飘扬在漩口中学遗址前，从那场大地震中幸存的映秀人说得最多的就是"谢谢"两个字；雷神山医院里，辽宁援鄂医疗队在临时病区创作的上百幅涂鸦，是中国人战"疫"记录的独有珍藏，我们将它们从武汉"带"回沈阳；目的地还有雄安新区，在那里聚集着成千上万的建设者，他们怀抱功成不必在我的高远之志，从零开始缔造世界级城市群的中国样本。

百年风霜雪雨、百年大浪淘沙，世界在问：中国共产党为什么"能"？我们的答案是：因为党和人民团结一心，就能形成无坚不摧的磅礴力量！

一个工人的宣言

提示
TI SHI
▽

　　"到了这个时候，甚么昏雾黑霾都要开了，甚么地狱监牢都要破了，甚么阶级束缚都要除了"。这段文字出自 1920 年 9 月《劳动界》第七期发表的文章《一个工人的宣言》，作者为"海军船工李中"。文章从工人视角出发，以极具号召力与感染力的话语描绘了一个冲破黑暗牢笼，沐浴在阳光之下的美好新世界，也道出了工人阶级联合起来的强大力量。

"昏雾黑霾都要开了"

　　"到了这个时候，甚么昏雾黑霾都要开了，甚么地狱监牢都要破了，甚么阶级束缚都要除了"。一句呐喊，只有三十几字，却喊出了 20 世纪 20 年代工人阶级的觉醒心声。

　　这些文字出自《一个工人的宣言》，发表于 1920 年 9 月《劳动界》第七期，作者为李中。

　　李中原名李声澥，湖南人。1913 年考入湖南省立第一师范学校，在校读书期间，他曾参加一师学友会举办的工人夜校，作为夜校乙班的管理。每周二、四、六晚，李中会到国民学校组织工人学习文化知识，并进行思想教育。很快，他和工人们熟络起来，大家都尊称他为"李先生"。

▲ 《劳动界》是中国共产党上海发起组主办的工人通俗刊物。
这本刊物用通俗的语言宣传马克思主义，启发工人组织起来斗争

1919年初，李中来到上海的一家古董玩器店帮工。做工之余，李中也是《新青年》的狂热读者，多方打听得知陈独秀的住址后，他常去拜访请教。一来一往，陈独秀也很赏识他，常赠予他书籍阅读，并让他在工人中传播书上的思想。就这样，李中的工人运动生涯逐渐铺展开。待到1920年8月初，李中辞去原来的工作进入海军造船所（即后来的江南造船厂）做锻工，同时改名易服，以"李中"为名。一面当锻工打铁，一面通过工友广泛联络工人群众宣传俄国十月革命的新思想。同时，李中随任弼时等人一起加入上海社会主义青年团，开始为《劳动界》组稿、撰稿，《一个工人的宣言》正是写于这一时期。1920年10月，上海机器工会在外国语学社召开发起大会，李中担任临时主席，他提出了工会的宗旨："无非谋本会会员的利益，除本会会员的痛苦。"1921年，李中正式成为一名共产党员。

从一名普通产业工人成长为工人运动的领袖，从一名共青团员成长为一名共产党员，李中是20世纪20年代党领导工农群众开展革命斗争的一个缩影。正如他在《一个工人的宣言》中所写："我们少数同声同类的工人，再联络多数同声同类的工人，成一个大团体……世界团体呀！中国团

体呀！我们团体呀！发端就在我们少数工人呢。"

汇聚力量

林伟民，早期中国工人运动的卓越领袖。1920年起，林伟民和苏兆征等在香港海员工人中进行革命宣传，并发起组建了香港海员工会，为筹备委员之一。1922年1月，作为香港海员大罢工的领导者之一，他始终立场坚定，不达目的誓不停止罢工斗争。他也从中认识到，工人阶级只有团结起来，才能聚成强大力量保护自身利益。

1922年7月，林伟民协助建立了上海海员工会，被推选为工会主任；8月，发动和领导了上海海员大罢工。1924年，他加入中国共产党，在之后的多次罢工运动中，他均展现出卓越的领导能力和强大的战斗能力。1927年9月，林伟民病逝于广州医院，时年40岁。

26岁，从外国语学社走出的工人运动领袖汪寿华同样牺牲在工运一线。五四运动让汪寿华意识到工人运动的力量，他积极投身工人运动，1923年加入中国共产党。1926年10月至1927年3月，汪寿华先后参与指挥了上海工人三次武装起义。上海工人第三次武装起义胜利后，汪寿华在全市工人代表大会上当选为上海总工会委员长。四一二反革命政变前夜，汪寿华英勇牺牲。"从汪寿华的身上可以真切地看到那种为了初心甘于抛头颅、洒鲜血的大无畏革命精神。"中共上海虹口区委党校原教研室主任、副教授袁士祥这样说。

▼ 1922年1月12日至3月8日，香港海员工人为反抗英国资本家压迫和剥削，举行了声势浩大的罢工运动。这是中国共产党成立后第一次领导的大型工人运动。图为香港海员和市民欢庆罢工胜利

不只在上海，党组织也派遣许多共产党人到各地去指导开展工人运动。例如，李立三被派到安源。在法国勤工俭学期间，李立三曾在三孟侠钢铁厂当翻砂工，并参加了当时的罢工斗争，这为他后来回国开展工人运动积累了经验。

照亮中国

在中国共产党的领导下，各地区的工农运动此起彼伏地开展着。

这一颗颗小火种，播撒在中国大地的各个角落，冲破"昏雾黑霾"，照亮了中国。

为支援五卅反帝爱国运动，广州和香港爆发了持续1年零4个月的省港大罢工，在中国甚至世界工运史上都前所未有，参加罢工的工人一度激增至20多万人，他们喊出了"联合起来向英帝国主义抗议！"的口号。

《工人之路》指出，罢工工人"所表现的牺牲、毅力……应为革命民众永远的模范"。

而作为中国第一次工人运动高潮的起点，香港海员大罢工同样持续了近两个月之久。以争取工资平等、恢复原有海员工会等为条件，共有超10万名工人参加此次罢工。随着罢工浪潮逐渐凶猛，香港经济受到沉重的打击。最终，罢工取得完胜，增加了工人阶级的斗争勇气和信心，也推动着全国工人运动的发展。

史说
SHI SHUO
▽

总机关

走在上海成都北路新闸路口，一边是车辆穿梭的南北高架桥，一边是一排石库门建筑。1921年8月11日，在中共一大会议结束不久，党领导工人运动的总机关——中国劳动组合书记部成立，这里便是它的旧址陈列馆。

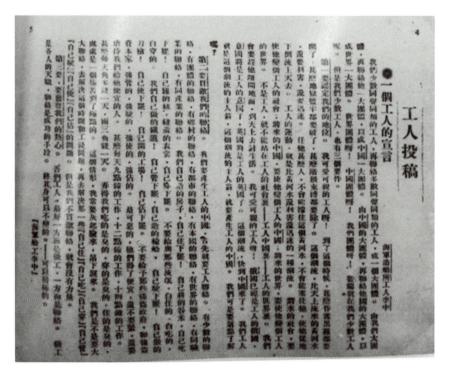

▲ 1920年9月26日，《劳动界》发表李中的文章《一个工人的宣言》。
文章号召工人们联合起来，为实现工人的中国而努力

"组织了中国共产党成立后领导的第一个工人运动，创建了党成立后的第一个工会组织，创办了党成立后的第一份工人刊物《劳动周刊》……"中国劳动组合书记部有着诸多个"第一"。

陈列馆的天井处有一串脚印，据讲解员介绍，从来自农田的赤脚板，到穿着布鞋走进城市，再到如今的皮鞋印，这串"历史足迹"正代表着中国工人阶级在中国共产党的领导下不断壮大的演进过程。

沿着脚印向陈列馆深处走，序厅中几个大字引人注目，"本党的基本任务是成立产业工会"。这是党的一大通过的《关于当前实际工作的决议》中的第一句话，述说着党带领工人冲破牢笼，为工人阶级争取自身权利的决心。

在陈列馆内，有这样一份史料，极为珍贵——《共产党》月刊。《共产党》月刊第6号刊登了《中国劳动组合书记部宣言》，宣言里指出，"我

们只有把一个产业底下的劳动者，不分地域，不分男女老少，都组织起来，做成一个产业组合。因为这样一个团体才能算是一个有力的团体，要这样的组织法，劳动者才能用他们的组织力，做奋斗事业，谋改良他们的地位呢。"

陈列馆二楼陈列着一处复原的教室，说明文字标记着"工人补习学校"。沪西工人半日学校创办于1920年秋，是全国第一所由共产党早期组织创办的学校，由李启汉主持。邵雍曾著《沪西工人半日学校——中国共产党工人开展运动的起点》一文，文中记载，这所学校后来成为1925年"二月罢工"的策源地。

什么是工人？李启汉向工友们这样解释："'工'和'人'放在一起就是'天'啊，工人就是顶天立地的！"在这间小小的教室里，马克思主义不断传播至人们的内心，为工人运动的开展积蓄了源源不断的力量，工人们开始觉醒。

1925年5月1日，中华全国总工会正式成立，中国劳动组合书记部因完成历史使命而宣告撤销。

农讲所学员到农村去！

提示
TI SHI
▽

中国共产党成立初期，不仅非常重视工人运动，而且也十分重视农民运动。党的一大结束不久，党领导的农民运动就在浙江萧山、广东海陆丰和湖南衡山等地区逐步兴起。这些协会把农民团结起来，为维护农民的利益开展斗争。1924年7月，经共产党人提议，在广州开办了农民运动讲习所，培养了一大批农民运动骨干，为新的革命高潮的到来积聚了力量。

党的主张

● 要把工人、农民和士兵组织起来。

● 拥护工人农民的自身利益是我们不能一刻忽忘的。

● 如果不发动农民起来斗争，无产阶级的领导地位和中国革命的成功是不可能取得的。

农民讲习所

农民运动讲习所(以下简称"农讲所")是大革命时期培养农民运动干部的学校。

学员们毕业后深入广大农村开展工作，宣传发动广大农民，组织农民协会，建立农民自卫军，开展反帝反封建斗争，成为各地农民运动的骨干力量，推动了全国农民运动的发展。

"到农村去!"这是农讲所学员的口号。

▲ 广州农民运动讲习所培养了一批农民运动干部

广州农民讲习所

1924年7月—1926年9月

共举办**6**届，培养**772**名毕业生、**25**名旁听生

届别	主持人	时间	招生人数	毕业人数
1	彭湃	1924.7.3—8.21	38	33
2	罗绮园	1924.8.21—10.30	225	142
3	阮啸仙	1925.1.1—4.1	128	114
4	谭植棠	1925.5.1—9.1	98	76
5	彭湃	1925.9.14—12.8	114	114
6	毛泽东	1926.5.3—9.11	327	318

农民运动

1. 广东海陆丰农民运动

建党初期影响范围广、规模大的农民运动

1922年**10**月，彭湃在家乡海丰县成立农民协会

1923年**1**月，彭湃为会长，成立海丰总农会

到**1923**年**5**月，海丰、陆丰、惠阳三县的**1570**多个乡建立农会，会员达**20**多万人

2. 湖南农民运动

1923年**9**月，岳北农工会是湖南第一个农运组织

1926年**11**月，毛泽东担任中央农民运动委员会书记后，以湖南、湖北、江西、河南为重点开展农民运动

在湖南，到**1927**年**1**月，全省农民协会会员增加到**200**万人

在湖北，全省农民协会由**1926**年**7**月的**3**万多人增加到**11**月的**20**万人

在江西，农民协会会员从**1926**年**10**月的**6000**多人，发展到**11**月的**5**万多人

第一届至第五届

1924年**7**月到**1925**年底

主要调查广东大势，培养农村干部，训练广东、广西、湖南等**8**个省的农民运动骨干，派特派员到农村工作，组织农民运动

第六届

办学时间最长、招生规模最大的一届

学员来自全国

20个省区

武汉中央农民运动讲习所

1927年3月至6月

学员来自当时全国**17**个省，绝大多数是农民和知识青年，共**800**余人

13个"农民问题研究会"，设置地租率、主佃关系、田赋、自耕农、农村组织状况等**36**个调查项目，研究各省农民运动情况，用学到的知识解决农村的实际问题

讲习所课程

广州农民运动讲习所的教学内容可归纳为四类——

□ **教学内容：**

一是基础理论课，如帝国主义、社会问题与社会主义、中国史概要、中国民族革命史、地理等；

二是专业课，如中国农民问题、海丰及东江农民运动状况、广宁高要曲江农民运动状况、农村教育、军事运动与农民运动等；

三是革命文艺课，如革命歌、革命画等；

四是军事课，包括理论教学、实际调查和军事操练三方面。

全部理论和专业课共252小时，最多的"中国农民问题"讲23小时，其他课程18、15、9、6小时左右不等。

注重农民运动理论与方法的教授。

毛泽东讲授中国农民问题、农村教育和地理；

周恩来讲授军事运动与农民运动；

萧楚女讲授帝国主义、中国民族革命运动史、社会问题与社会主义；

彭湃讲授海丰及东江农运状况；

恽代英讲授中国史概要；

李立三讲授中国职工运动；

……

在军队训练方面，学生编为1个总队，下设2个队、12个区队，特设专职教员，由萧楚女担任。

讲习所十分重视理论教学与社会调查、参加实际斗争的有机结合，采用启发教学法，调动学员学习自觉性，组织研究会、出版丛刊，还组织学员到农村学习当地农民运动的经验。

让侵略者陷入
人民战争的汪洋大海

提示
TI SHI
▽

中国人民抗日战争胜利是全民族众志成城奋勇抗战的伟大胜利。中国共产党坚持动员人民、依靠人民，推动形成了全民族抗战的历史洪流。我们党坚持兵民是胜利之本，提出和实施持久战的战略总方针及一整套人民战争的战略战术，敌后根据地军民广泛开展游击战，使日本侵略者陷入了人民战争的汪洋大海之中。

号召全民族抗战

"平津危急！华北危急！中华民族危急！只有全民族实行抗战，才是我们的出路！"中国人民抗日战争纪念馆展墙上的这段话，是 1937 年 7 月 7 日卢沟桥事变发生的第二天，中国共产党通过电波发表的《中国共产党为日军进攻卢沟桥通电》中的内容。

今日读来，仍令人热血澎湃！

中国人民抗日战争纪念馆研究员张源说："中国之所以能在敌强我弱的艰难态势下取得抗战胜利，其根本原因在于我们党能够广泛动员人民、武装人民、依靠人民，充分激发蕴含在广大军民中的深厚伟力。"

"面对日本帝国主义的侵略，中国共产党多次发表宣言，号召全国人民团结起来，将日本帝国主义驱逐出中国。"讲解员李洋介绍，1931年，九一八事变爆发后，中国共产党即发表抗日宣言；1932年4月，中华苏维埃共和国临时中央政府发布《对日战争宣言》；1935年10月，中华苏维埃共和国中央政府和中共中央发表了著名的《八一宣言》，号召停止内战，一致抗日……

在全民族抗战爆发、中华民族处在危亡的重要历史关头，中国共产党于1937年8月召开洛川会议，确定了全面抗战路线和坚持持久战的战略总方针。

"在中华民族生死关头，中国共产党审时度势，积极倡导建立并坚决维护抗日民族统一战线，承担起了抗日民族先锋的历史责任，为战胜日本法西斯奠定了坚实基础。"张源说。

群众性游击战争

毛泽东在全国抗战开始后就明确提出："我们主张全国人民总动员的完全的民族革命战争，或者叫作全面抗战。因为只有这种抗战，才是群众战争，才能达到保卫祖国的目的。"

▼ 中国人民抗日战争纪念馆

我们党在敌后放手发动群众，开展独立自主的游击战争，开辟敌后战场，建立敌后抗日根据地。1937年11月7日，中共中央在晋察冀创建第一个敌后抗日根据地。随后，以星火燎原之势开辟根据地，陆续创建了19块主要的抗日根据地，面积达到近100万平方公里，人口近1亿。

▲ 解放战争期间，青年踊跃参加解放军

"中国会亡吗？答复：不会亡，最后胜利是中国的。中国能够速胜吗？答复：不能速胜，抗日战争是持久战。"1938年五六月间，毛泽东作了《论持久战》的长篇讲演，阐明了争取抗战胜利的正确道路，驳斥了"亡国论""速胜论"，坚定了全民族抗战的决心。

▲ 盐阜地区民众欢送子弟参加新四军

在敌后抗日根据地，到处都是母亲送儿上战场、妻子送郎打日寇的感人情景，也涌现出许多可歌可泣的英雄事迹。中国人民抗日战争纪念馆里，很多参观者在一座雕塑前驻足。这座雕塑的原型是英雄母亲邓玉芬，密云县（今属北京市）一名普通的农村妇女，她不仅自己冒着生命危险掩护八路军干部战士和救治伤病员，还将自己的丈夫和五个儿子送上抗战前线，六名亲人战死沙场。

1940年8月至1941年1月，为了打破日军对整个华北地区的"囚笼政策"，八路军总部在华北发动了百团大战。"百团大战历时4个多月，共进行大小战斗1824次，毙伤俘日军2万多人，破坏铁路470余公里、公路1500余公里。"李洋说，百团大战的胜利极大地振奋了民心。

中国共产党领导敌后军民大力开展群众性的游击战争，开展多种形式的武装斗争，创造性地发展了许多有效的歼敌方法。"冉庄地道战、焦庄户地道战，在地下户户相通，村村相连，能打能藏，可攻可守，于无形中打击敌人；地雷战，用一些形状不规则的石块、铁块等做成地雷，给当时的日本侵略者造成了沉重的打击；雁翎队、洪湖水上游击队利用河、湖、港、汊机动灵活打击日本侵略者，以及交通破袭战、民兵联防战等多种形式的武装斗争陷敌人于人民战争的汪洋大海中。"张源介绍，广阔的敌后战场充分发挥了人民战争的威力，牵制和打击了一半以上的日、伪军，并逐步成为抗战的主力，与正面战场在战略上互相支持，为赢得抗日战争胜利作出了重要贡献。

利民政策广受拥护

"人民群众是党的力量源泉和胜利之本。在抗日战争中，中国共产党依靠民众，更以为人民服务为宗旨。"张源说。

1939年，毛泽东和延安杨家岭农民亲切交谈，询问他们的生产和生活情况。时刻惦念着人民，关心着人民。战士们在与日军积极作战的同时，

◀ 参观者认真观看展览介绍

▲ 1945 年 4 月，边区人民为八路军运送粮食

也积极为人民服务。例如，太行区八路军认真执行"三大纪律八项注意"，每到一处，都要把宿营地打扫得干干净净；山东根据地的八路军战士为老百姓担水打破水罐，掏钱赔偿损失；八路军武装保卫秋收等。

抗日战争进入相持阶段，日军对整个敌后抗日根据地进行了残酷"扫荡"，根据地的经济日趋困难。毛泽东提出"自己动手，丰衣足食"的号召，号召大家进行大生产运动。大家耳熟能详的歌曲《南泥湾》，其创作灵感就来源于八路军第一二〇师第三五九旅在南泥湾的开荒生产运动。

党在抗日根据地实行了许多利民惠民的政策：为了适应经济发展，中共中央在各个抗日根据地建立了银行；为了适应抗战需要，中共中央在陕甘宁边区开办中国人民抗日军政大学、陕北工学、鲁迅艺术学院等 20 多所干部学校，培养了大批的抗日干部。

1943 年 10 月，中共中央在总结经验的基础上，将抗战期间实行的各项政策高度地概括总结，形成了著名的抗日根据地"十大政策"——对敌斗争、精兵简政、统一领导、拥政爱民、发展生产、整顿"三风"、审查干部、时事教育、"三三制"政权、减租减息，受到老百姓的广泛拥护。

人民是历史的创造者，是决定党和国家前途命运的根本力量。在民族危亡的历史关头，我们党坚定不移动员人民、依靠人民，真正支撑起了中华民族救亡图存的希望，推动形成了全民族抗战的历史洪流。中国人民抗日战争胜利是全体中华儿女勠力同心、以弱胜强的雄浑史诗，显示了中华儿女坚不可摧的磅礴力量！

一根小竹竿见证支前路

一根小竹竿能干什么？

跋山涉水时探路，野外行走时防身，累了可以当拄棍，休息时候能支车。

这是特等支前功臣、共产党员唐和恩的答案。在淮海战役中，他就带着这根小竹竿，走上了漫漫支前路。所到之处，都被他刻在竹竿上。到最后，这根小竹竿密密麻麻地刻着鲁苏皖三省 88 个地名。

1948 年冬，淮海大地硝烟弥漫。为了保障前线物资正常供应，江苏、山东、安徽、河南等地纷纷组织民工支援前线，山东农民唐和恩就是其中一员。当时，唐和恩正在田里忙着收庄稼，一听说村里要组建民工支前小车队，他立刻放下手里的活计跑去报名。

"解放军打到哪里，我们就支援到哪里；前线需要什么，我们就运送什么"。唐和恩带着小车队启程了，他们披星戴月、顶风冒雪，推着满载物资的木轮小车一路向前。一次，车子陷入泥坑，唐和恩推拉了几次都没能成功，最后猛地一拉，绳子断了，他摔得浑身是泥，嘴角磕破了，牙齿也掉了一颗。"前方的战士身上穿个窟窿都照样冲锋，咱磕掉个牙算啥！"唐和恩爬起来拄着竹竿拽着车，又向前出发了。

一天下午，急速赶路的小车队被一条数十米宽、结着薄冰的长河拦住去路。如果绕路，势必耽误时间。"红军二万五千里长征，爬雪山、过草地都过来了，咱们还能被这条河挡住吗？"队员们不愿耽搁，纷纷脱下棉衣，扛着粮、抬着车，在齐腰深的河水中奋力向前。冬日冰河刺骨，他们身上像刀割一样疼，但队员们毫不退缩，艰难却坚定地向前走着。

支前路上，队员们想尽办法节省粮食，遇上阴雨天气，就把自己身上的蓑衣、棉衣脱下来盖在运粮车上，宁愿自己淋湿挨冻，也要让军粮完好无损。他们克服重重艰难，越过种种阻碍，把一车车粮食、一箱箱弹药成功地推到前线，推到淮海战役胜利的那一天。

▲ 记者孙明慧现场采访

这根小小竹竿，是唐和恩数千公里支前路的无悔见证，也是543万父老乡亲倾尽全力支援前线的历史缩影。"最后一把米，用来做军粮；最后一尺布，用来做军装；最后的老棉被，盖在担架上……"透过这一根小竹竿，我们仿佛还能看见支前民工和拍踏歌、勇往直前的浩荡场面……

为了全国解放，辽宁人民倾其所有

1945 年 8 月，日本宣布投降后，中共中央立即派遣大批干部和部队进入东北，建立了中共中央东北局和东北民主联军，创立了东北解放区。9 月 21 日，中共中央东北局在沈阳正式成立。从 8 月中旬到 11 月底，开入东北的部队达 13 万余人，进入东北的各解放区干部有 2 万余名。

1946 年 8 月 6 日，东北各省代表齐聚哈尔滨，成立了代表东北人民的最高行政机关——东北行政委员会。这次大会通过了《东北各省市（特别市）民主政府共同施政纲领》。

对于这个施政纲领，代表们讨论了整整一天，逐条、逐句、逐字地反复辩论。当讨论纲领第五条时，代表们纷纷发言，赞成将条文中"保证给养"改为"保证供给"，号召用一切力量支援我们的军队。

为了全国革命的胜利，为了建立一个新中国，刚刚翻身做主人的东北人民，也包括辽宁人民，怀着炽热的感情，倾力支援全国解放战争。

记者从辽宁省档案馆收藏的有关历史资料选取若干数据，做以简要概述。

□ 313.25 万人

在解放战争中，东北人民共计出动参战民工 313.25 万人，占当时东北人口的 1/10，担架 20.62 万副，大车 30.67 万辆，骡马 90.7 万匹，供应军粮 450 万吨。

1947 年，东北野战军进行了夏、秋、冬三次大规模攻势作战。结果，原本胶着的东北战场，局势发生了重大变化。东北野战军收复城市 77 座，扩大解放区 30.7 万平方公里。在秋季攻势中，兴城、绥中出动民工万余人，担架 1600 余副。冬季攻势的彰武、新立屯战役中，因为康平至彰武公路积雪数尺，军队物资运输受到阻碍，辽北一分区群众夜以继日清除积雪，使运输很快畅通。

1948年9月12日，在辽沈战役正式打响后，辽北省总计动员民工100多万人，担架近6万副，出动大车6万多辆，上千名干部战斗在支前第一线。这为辽沈战役的胜利，作出了不可磨灭的贡献。

1948年11月29日，平津战役打响。在战役开始前，东北野战军入关作战，为此，辽宁解放区组织了2842名民工随军入关，担任警戒、抢救伤员等战勤任务，并选调了几十名干部随军南下，支援关内解放区建设。

□ 1000多万公斤

据不完全统计，东北人民在解放战争中共捐献干菜1000多万公斤。

在辽沈战役期间，锦西人民供应粮食870万斤、马草364万斤、锹镐4400余把、口袋1500余条。北镇县慰问前线物资，有军鞋3.3万双，肥猪900头，猪肉9万斤，大米、白面4.5万斤，鸡1100余只，鸡蛋1.8万斤。

平津战役前夕，仅锦州一市就支援入关部队粮食300万斤、谷草40万斤、大车599辆、牲畜59头，还有其他大量军需物资。

□ 10万余匹

据不完全统计，从东北野战军入关到平津战役结束，仅两个月时间，辽宁人民支援关内解放军的棉布就达10万余匹，棉衣棉被40余万套，军鞋近百万双，还有大量其他军用物资及食品。

仅大连建新公司一家，1947年至1950年间就生产炮弹54万发、子弹3000余万发，各种火药300吨，雷管十多万个、引信50余万个。

□ 380万吨

1949年，东北解放区全年军费开支为151934万元，折合粮食约380万吨，这些军需开支的30%左右来自辽宁解放区。

东北解放区1949年调运给中央80万吨粮食、150万立方米木材、20万吨钢铁；支援华北解放区20万吨粮食，支援关内解放战争物资302万吨。这些粮食和物资很大一部分是辽宁解放区支援的，尤其是钢铁，全部出自辽宁。

为了满足关内迅速修复粤汉、淮海、淮南、同蒲铁路的需要，根据东北局的决定，辽宁解放区拆除了凤凰城至宽甸及赛马煤矿段、叶柏寿至赤峰段的铁轨和桥梁器材，并运进关内。

关 键 词 治理淮河

实地采访 浙江省杭州市中国水利博物馆、
安徽省蚌埠市水利部淮河水利委员

"千军万马"让这河流
改变了模样

提示
TI SHI
▽

1950 年至 1957 年，共有 600 多万群众投入到治淮工程中，国家共投入资金 12.4 亿元，治理大小河道 175 条，修建水库 9 座，库容量达 316 亿立方米，还修建堤防 4600 余公里，极大地提高了防洪泄洪能力。

"一定要把淮河修好"

淮水东流应到海——这是中国水利博物馆新中国治淮 70 年主题展的名字，对其含义，馆长陈永明这样解释："1950 年淮河特大洪水让豫皖苏受灾严重，毛泽东发出了'一定要把淮河修好'的号召，在'蓄泄兼筹'方针的指导下，新中国治理淮河的第一项重点工程便是建造苏北灌溉总渠，这让淮河在 800 多年后重新拥有入海口，而这句古诗正为此意。"

迎面，一块红色展板上的大字吸引了记者——"千军万马上淮河"。"这里的'千军万马'不是虚数，"陈永明说，"从 1950 年冬天到 1951 年，有近 300 万人投入治淮一线，苏北灌溉总渠便是这个时候完成的。"

"300 万人，多么壮观啊！"记者脱口而出。"没错，"陈永明指向墙上的老照片，照片上长龙似的队伍站满了工地，"那时的淮河两岸红旗招展，口号震天，民工之间相互竞赛。为了筹集木料，大家把盖房子用的木头，

▲ 治淮成果凝聚着广大人民群众和水利工作者的智慧

甚至老人的寿材都捐了出来。"

　　建渠的场景在《一条大河波浪宽：1949—2019 中国治淮全纪实》中，还有更细微的描绘：寒冬，冰面上覆着半米厚的积雪，但民工们毫不退缩，卷起裤腿就跳进冰水，戽水、挖泥、挑土，4 公里的水堰如期完成。工段里有淤泥怎么办？大家就跳进去拿木板一点点推……"最后，168 公里长的苏北灌溉总渠，8000 多万立方米的工程任务，只用了 80 多天就完成了。"陈永明说，"80 多天就干完了，太伟大了。"这句感叹正体现了中国速度和人民力量。新中国首任水利部部长傅作义曾这样评价："历史上没有一个政府，曾经把一个政令、一个运动、一个治水的工作，深入普遍到这样家喻户晓的程度。"

　　"在建渠的同时，佛子岭水库也在筹划，"陈永明介绍，"这是由中国人自己设计和施工的第一座钢筋混凝土连拱坝，也是亚洲第一座、世界第三座连拱坝"。

在当时的背景下，建造佛子岭水库的大多是刚走出学校的青年技术人员，他们白天坚守一线，晚上在草棚里互相学习分享，所以佛子岭水库被时任治淮委员会工程部部长汪胡桢称为"佛子岭大学"。"水库建设的场面同样壮观，工地施工人员最多时有一万多技工、近万名民工。"陈永明指着一块蓝色展布说，展布上记录着佛子岭水库及其他工程的信息。

今天，在佛子岭大坝的中央，还可以看到"一定要把淮河修好"几个大字，似是在诉说着当年建坝大军的决心。

简易的工具做成伟大的工程

走入下一个展厅，在尽头处摆着几个"大家伙"。

"你知道这些是做什么的吗？"面对陈永明的提问，记者摇头，"它们都是治淮时期劳动人民的发明，先说这个。"陈永明走到一个类似圆滚筒的东西旁，"它叫'肋木填砂石滚筒'，你看这里有一个小开口，是可以往里放东西的。"

记者看向陈永明手指的地方，有一个小圆洞。"是从这里加东西然后让滚筒变重吗？"记者问。"没错，在治淮初期我们修建了很多土石坝，为了让土料紧密、提高坝体强度、减少渗水，施工时要一层层地铺土、碾压。没有石碾怎么办呢？人民群众便发挥聪明才智，用木头打造了这种中空的滚筒，从这个小窗口填砂石，填满后总重将近 1.5 吨，这样就可以将原本疏松的泥土压实啦。"陈永明说。

走到滚筒的背后，记者又看到一个类似独轮车的木质工具，"这个又是做什么的呢？""这个叫'前进式打夯机'，人蹲在这个上面，一跳一起就可以带动轮子前进，同时带动后面的夯石抬起，整个过程一人就可以操作。在那样艰苦的时期，广大人民群众就是靠着这样的发明和创造，完成了一个又一个水利项目，他们用简易的工具，做成了伟大的工程。"

"我先说一组数据，"陈永明做了个铺垫，"水库 6300 余座，开挖人工河道 2100 多公里，建设堤防 6.3 万公里，各类水闸 2.2 万座，这是 70 年来新中国的部分治淮成果，它们并不只是数字，每一个数字的背后都凝聚着很多人的心血和力量。在这之中，我想介绍一项，就是淠史杭灌区。"

"它的有效灌溉面积有 1000 多万亩，相当于再造了一个'天府之国'，改变了江淮丘陵地区干旱缺水的农业生产条件，同时，灌区水利体系为淮河干流削峰滞洪，是淮河流域防洪安全的重要屏障。"陈永明说。

走完整个展厅，有种意犹未尽之感，"凝聚着百姓和水利工作者智慧的治淮成果还有很多，它们对现在的水利建设也有重要意义，推荐你们去淮委看看，那里有更为专业的治淮陈列展，相信你们会收获更多。"陈永明说。

交出一份高分答卷

杭州到蚌埠，高铁不到三小时。

在去水利部淮河水利委员会的路上，记者再次看到"一定要把淮河修好"的标语，似乎采访从这时便已经开始。

淮委的治淮陈列馆有两个展厅，一展厅的一部分按照时间顺序梳理了新中国的治淮历程，三河闸、佛子岭水库、临淮岗工程、茨淮新河工程……那些熟悉的水利工程名字接连进入记者的视线，而随着年份的临近，展板上的照片也从黑白变成了彩色，从工地上的劳动场景，变成了青山绿水的水利工程俯拍图，变成了淮河两岸人民幸福生活的画面。这变化既是时间关系，也是因果关系。

在一展厅的角落，一台小机器的屏幕上显示着新中国成立后淮河流域性大洪水淹没范围示意图，1954 年、1991 年、2003 年和 2007 年，四次大洪水淹没的范围在逐渐缩小。解说员顾梅介绍，洪水淹没范围的缩小说明淮河流域的抗灾减灾能力在不断提升，而 2007 年那次洪水是一个转折点，"2007 年的洪水量级大于 1991 年，但成灾面积却较之减少 60%，我们的防洪工程体系发挥了重要作用。"

"那对于 2020 年的淮河大水，我们又如何评价呢？"接着顾梅的思路，记者问。"2020年淮河大水可以说是对我们70年治淮成果的全面检验，我们也交出了无一人因洪水伤亡、主要堤防未出现重大险情的'高分答卷'。"顾梅说。

70年来，国家一直把治淮放在国民经济发展的重要位置予以推进。在《新中国治淮70年》白皮书中，记者找到了这样一组数据：12次治淮会议、治淮19项骨干工程、38项进一步治理淮河工程任务、70年治淮总投入共计9241.5亿元、直接经济效益47617.9亿元、投入产出比1：5.2。这些数字体现着国家对治淮工作的高度重视，也意味着新中国成立伊始的治淮精神的延续，有更多的水利人奋战一线，保一方平安，淮河水利委员会治淮工程建设管理局原局长宁勇便是其中的一位。

"质量是干出来的"。这是宁勇经常挂在嘴边的一句话。为了临淮岗工程的建设，宁勇几乎放弃所有休假，即使腰椎间盘突出也坚持在工地指挥，一个小马扎就是他休息的地方。直到工程竣工验收后，他才做了第三次腰部手术，4根钢钉植入这个汉子的身体里，也陪伴他参与了更多水利工程建设。

走进二展厅，在一个玻璃展柜中记者看到了绣着毛泽东"一定要把淮河修好"题词的锦旗，似是与来淮委前看到的标语相呼应。走出展厅，一个贴满字条的展板摆在大厅中央，字条上歪歪扭扭地写着"淮河母亲我爱你""祝淮河以后都不会再发大水"……这些稚嫩的笔迹来自前来参观的小学生。

是什么力量让千里淮河水安然入江入海，是什么力量让这条河流改变模样？从杭州到蚌埠，关于这个问题，记者已经找到了答案——这力量，来自人民。

史说
SHI SHUO
▽

红旗渠

红旗渠位于河南省安阳林州市。20世纪60年代，勤劳勇敢的30万林州人民，苦战10个春秋，仅仅靠着一锤，一铲，两只手，在太行山悬

▲ 为把淮河治理好，数百万人投入这项巨大工程

崖峭壁上修成了全长 1500 公里的红旗渠。

□ **十年修渠工程总量**

削平山头 1250 座，开凿隧洞 211 个，架设渡槽 152 座，修建各种建筑物 12408 座，挖砌土石 1515.82 万立方米。

□ **首战渠首坝**

1960 年春，为了在汛期到来之前完成渠首引水拦河坝，以 500 名共产党员、共青团员为主体的突击队员跳入激流，在河道中央筑起 5 道人墙阻挡激流，终于顺利截流，使大坝如期合龙。

□ **传捷青年洞**

1961 年 7 月，300 多名男女青年克服万难，在山岩中凿洞修出一条 600 多米长的隧道，此洞被命名为"青年洞"。

□ **决战分水岭**

1963 年 1 月，总干渠渠尾分水岭隧道胜利贯通，山川地理的界限得以突破，林县人渴盼的漳水近在眼前。

□ **贯通总干渠**

1964 年 12 月，全长 70.6 公里的红旗渠总干渠全线贯通，于 31 日首次放水成功。1965 年 4 月 5 日，总干渠通水典礼大会召开，红旗渠投入使用，三条干渠和配套支渠建设开始展开。

"要什么就给什么，
要多少就给多少"

提示
TI SHI

1950 年 10 月 26 日，中共中央发出《关于在全国进行时事宣传的指示》。同日，中国人民保卫世界和平反对美国侵略委员会（简称抗美援朝总会）在北京成立，负责领导全国人民的抗美援朝运动。送亲人上战场、送粮食到前线，在"抗美援朝、保家卫国"的号召下，全国掀起参军、参战、支前的热潮。

"我是其中一员"

讲述人：苏增昌

抗美援朝历史研究者

苏增昌每天上午都会到鸭绿江断桥散步。到丹东旅游的外地游客越来越多，断桥是游客的"打卡胜地"。苏增昌不无感慨地说："当年，这江边就是后方的最前沿了，每天都有大批志愿军战士与各种军需物资，从这里奔赴朝鲜战场。"

78 岁的苏增昌岁，是抗美援朝的亲历者。虽已近耄耋之年，但他仍笔耕不辍，"上午散步，下午回家伏案写书，有时候会到中小学或企事业单位

▲ 苏增昌

讲讲抗美援朝的故事。"苏增昌说，一提到抗美援朝，丹东人都能讲上好多真实的故事。

苏增昌告诉记者，在抗美援朝战争中，丹东市组织全市人民，一切为了前线的胜利，做到"要人给人，要物给物，要血给血，要什么就给什么，要多少就给多少"。可以说，这里的人民为支援抗美援朝，竭尽全力、尽其所能。

"抗美援朝战争爆发那年，我刚上小学一年级，美军飞机经常侵入轰炸扫射，学校老师带领同学们到锦江山的树林里上课学习。"苏增昌回忆说，自从中国人民志愿军入朝作战后，丹东人民为了抗美援朝，克服了重重困难，积极地抢修机场、江桥等，还踊跃地捐献飞机大炮，为抗美援朝作出了重大贡献。

在抗美援朝战争时期，丹东是保家卫国的最前线，也是志愿军的主要后方基地。据苏增昌介绍，1950 年 10 月 19 日，中国人民志愿军过江入朝参战。10 月 20 日，中共安东市委做出关于"目前安东市的几项工作"的决议，确定"目前安东市的中心任务是动员和组织全市人民及一切力量积极做好支前和防空工作"。

1953 年 8 月 13 日，《人民日报》发表通讯《鸭绿江边的英雄城市——安东》，文中说：三年来，安东市人民热烈地支援着中国人民志愿军。全市先后向朝鲜前线输送了数万民工和上千的青年参加了中国人民志愿军。始终站在支援抗美援朝战争最前线的安东市人民，博得志愿军的热烈赞扬。送给安东市人民团体和模范人物数百面锦旗"向英雄的国防城市的人民致敬"！从此，"英雄城市"的美誉传遍了祖国各地。

"讲家乡故事时最自豪"

讲述人：祝锐

抗美援朝纪念馆讲解员

抗美援朝纪念馆"九〇后"讲解员祝锐特别忙。

"每天至少要为四五批观众讲解，确实挺累的。"祝锐说，虽然很累、很辛苦，但每次带领观众步入"英雄城市 英雄人民"展厅时，她首先会清清嗓子，然后以特别自豪的口吻讲述当年丹东人民是如何全力支援抗美援朝的。

▲ 祝锐

"在防空疏散、工厂搬迁、宣传教育、支援前线、参军参战、救护志愿军伤病员、拥军优属等方面均作出了特殊贡献，涌现出许多可歌可泣的英雄模范人物，他们以鲜血和生命谱写了丹东历史光辉的一面。"祝锐骄傲地说。

祝锐说，每次讲完"英雄城市 英雄人民"的故事后，外地参观者都会慨叹：丹东人民太了不起了！

确实，前线浴血杀敌的将士是英雄，后方全力以赴提供物资的老百姓也同样是英雄。在"英雄城市 英雄人民"展厅里，祝锐每次讲到"爱国老人"宋传义的故事时，不少参观者都流下了热泪……

"宋传义是一名普通农民，他曾将政府奖励他的受伤战马悉心养好卖了之后将钱捐献给祖国，他和老伴儿为了省下喂猪的饲料钱就上山挖野菜喂猪，就这样他先后为祖国捐献了70多万元（旧币），在他的带动下临江街200多户农民共捐款3000多万元（旧币）。"祝锐介绍说。

类似宋传义这样的英模人物，在丹东还有很多很多。祝锐说，抗美援朝时期，丹东人民经受住了硝烟和战火的考验，涌现出一大批英模人物，这其中，有关"电话班长"王静彬的故事，同样感动了无数参观者。在抗美援朝期间，安东铁路分局电务段电话所的23名女话务员，面对敌人一次又一次的空袭，她们不惧危险，坚守机台，保证了通信畅通。班长王静彬有句名言，"祖国需要我们的时刻到了，只要还有一口气，就要坚守岗位，坚持工作，保证电话畅通"。

"每一天都在宣传丹东"

讲述人：陈晨

抗美援朝精神研究会工作人员

"小时候，我就听老人们讲述抗美援朝战争和志愿军的英雄故事。现在，我每一天都在向不同的人群讲述抗美援朝战争的历程、志愿军英雄的事迹以及祖国人民为抗美援朝战争作出的贡献……"

陈晨，抗美援朝精神研究会工作人员，同时也是丹东的一名青年志愿者。"因工作的关系，我这些年接触到很多志愿军老战士和后方的战勤人员，每次聆听他们亲身的讲述，都是对我的一次心灵洗礼。"陈晨说，当年，丹东全市28万人民订立爱国公约，要人给人，要物给物，要血给血，要什么就给什么，要多少就给多少……以各种不同形式表达着相同的心声：抗美援朝、保家卫国。

1951年6月1日，抗美援朝总会向全国发出"执行爱国公约，捐献飞机大炮，优待军烈属"的号召。安东市抗美援朝分会发动群众积极响应，到年末全市（含三个农村区）约有28万人订立了爱国公约。

◀ 陈晨

▲ 鸭绿江断桥

"订立爱国公约后,全市各界继续努力开展增产捐献运动,为增产捐献'安东号''鸭绿江号''镇江山号'三架战斗机而奋斗。最终,捐献 198 亿元(旧币),可买战斗机 13 架。可见,丹东人民为了支援前线作战,真是拼了!"陈晨介绍说。

战争的硝烟早已散去,但伟大的抗美援朝精神早已融入丹东人的血脉,成为丹东最宝贵的精神财富。

在丹东,健在的志愿军老战士都已是耄耋老人,他们一直在尽自己的努力宣传抗美援朝历史。"这些志愿军老战士深深地感动了我,让我深觉身上的责任重大。"陈晨表示。

有人说,来到鸭绿江边,站在断桥旁,仿佛仍能听到当年战斗的号角、炮火的轰鸣。正因如此,陈晨经常与志愿军老战士一同来这里,重点向外地游客讲述那段峥嵘岁月。

全民战

抗美援朝战争爆发后，辽宁人民不仅派出自己的优秀儿女参加志愿军，还提供了有力的后方支援。

辽宁地区各级民政部门全力转入战勤动员工作，先后动员246万余人次参加各种战勤工作，占当时辽宁总人口的11.7%。其中，提供担架1万余副，汽车18万多辆，各种技术人员3万余人。

1951年6月8日，《东北日报》公布了东北人民抗美援朝总会《关于推行爱国公约、开展捐献飞机大炮和优待军属的实施计划》，同时发表社论《进一步抗美援朝的关键》，还在一版设立了《增加生产收入捐献飞机大炮》《支援我们最亲爱的人——中国人民志愿军》等栏目。

大连渔业公司4名女汽车司机赴朝担负军运；71名制铝工友、鞍山5名青年团员担负防空通信；东北师大学生及锦州机关职员组成援朝输血队。

沈阳各界爱国组织七天捐献25.7万个慰问袋；沈阳各机关团体职员献衣支援志愿军；10万农民运送公粮；沈郊农民献250口大肥猪。

辽宁人民更对军烈属以及参战民工家属在生产、生活上都给予了优待，保证了军烈属的生活，鼓舞了志愿军的士气。

◀1950年，沈阳第三机器厂欢送参加抗美援朝汽车队的工友

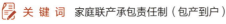 关 键 词　家庭联产承包责任制（包产到户）

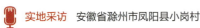 实地采访　安徽省滁州市凤阳县小岗村

小岗村的故事还在继续

提示
TI SHI
▽

　　1978年冬，安徽省凤阳县小岗村的18位农民秘密签下一份把集体土地承包到农户的契约，实行农业"大包干"。

　　这一大胆举动在中国历史上留下了浓墨重彩的一笔，成为中国农村改革的象征。

　　当年小岗人敢为天下先的勇气，至今仍令人赞叹。

18位庄稼汉

　　2021年3月15日，在安徽省凤阳县小岗村的大包干农家菜馆门前，几名游客刚停下车，关友江就迎了出来，"来来来，快请进！"

　　75岁的关友江，是小岗村"大包干"带头人之一，平时在儿子经营的农家乐里帮忙招待客人。这几天，关友江有些忙，来自全国各地的游客络绎不绝，农家院里热闹"爆棚"。

　　看着游客进进出出，记者忍不住发问："这些游客都是慕名而来吧？"

　　"那是，小岗村'大包干'多出名！"说起往事，关友江眼中满是光芒。

　　1978年的一个冬夜，18位庄稼汉齐聚在一间破旧的茅草屋中，室外寒风凛冽，室内正在密谈的事也迫人心弦。最终，他们以"敢为天下先"的

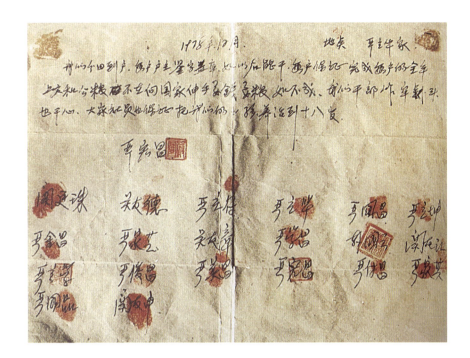

上　小岗村 18 位农民按下红手印的契约

下　部分"大包干"带头人合影

胆识，在土地承包责任书上按下红手印，搞起了"大包干"，从此拉开了中国农村改革的序幕。

当年，小岗村生活靠救济、生产靠贷款、吃粮靠返销，是有名的三靠村。"那时候村民住的基本上都是茅草房，吃得不好，穿得也不好，粗布衣服上，补丁摞着补丁。"关友江说，"当时我们想的就是种好粮食、填饱肚子，也害怕搞分田到户会出事，但没想到能获得党中央的大力支持。"

关友江说的没错，谁也没想到这件抱着托孤心态"密谋"的大事，成了小岗人好日子的开端。

"当晚，我们就将生产队的土地、耕牛和农具等生产资料按人头分到了各家各户。"关友江说，"让人惊喜的是，实行'大包干'后的第一年，小岗村就喜获大丰收，粮食总产量达到13.3万斤，是以往几年平均产量的4倍，人均收入高达400元。"

"这400元的人均收入可是前一年的18倍！"同为"大包干"带头人的严宏昌说，分田到户的第一年，他家就产粮1万多斤，赚了5000多块钱。此后几年，他的日子越过越好，还买了村里第一台手扶拖拉机。回想起当时开着拖拉机"威风八面"的场景，严宏昌的嘴角还留存着当年的欣喜。如今，他家早已添置了小轿车，住上了小洋楼，用他自己的话说，"现在的日子真是今非昔比"。

关友江的生活也发生了巨大变化，几个孩子中，有的念了大学已经参加工作，有的开着超市、办起了农家乐。"孩子们过得都很好，不用我操心。就这农家乐，2020年创收20多万元。要是用一句话形容我现在的生活，那就是牌匾上那句：美美的生活，满满的幸福。"关友江指着农家乐门口的牌匾，笑呵呵地说。

"因为我是小岗人"

从破旧草房，到宽敞洋楼，如今的小岗村道路整洁，出行方便，家家用上了自来水、户户烧起了燃气灶。

"2020 年，村集体经济收入再创新高，达到了 1160 万元，人均可支配收入也超过 2.7 万元。"小岗村党委副书记、村委会主任周群之说，自 2018 年起，小岗村连续为村民分红，人均分红金额现已增至 600 元。村集体还为全体村民免费办理城乡居民保险、养老保险、农业保险等政策性保险，使每位村民每年获益 500 多元。

"为了让村民文化生活更丰富，我们还组建了锣鼓队、广场舞队和花鼓队，邀请各类文化志愿者和文艺团体来村里演出，并连续 10 年举办乡村春晚。"周群之说。

在党中央的领导关怀下，小岗村告别贫困取得新发展。

42 岁的殷玉荣，早年间和丈夫一起在外打工跑运输，2012 年回到小岗村开办养猪场。"刚开始因为不懂养殖技术，再加上当时市场行情不好，导致猪场连续亏损。2015 年以后，效益才渐渐好转。"殷玉荣说道，"现在是每两个月卖一次仔猪，年出栏量在 1200 头左右。2020 年纯收入高达 50 余万元。"

产业越来越大，日子越过越好。2018 年，殷玉荣带领小殷村民组 43 户村民以土地入股的方式成立了小岗村民益土地股份合作社，在家赋闲的村民可以在合作社出工，实现在家门口赚钱。

采访到最后，记者问殷玉荣：在创业初期连续亏损的情况下，有没有想过放弃？"想过，刚开始的时候确实很难。"对于创业的艰辛，殷玉荣并不避讳。

"为什么能坚持下来？""因为不想让前期的努力付诸东流。还有因为我是小岗人。"面对记者的不解，殷玉荣侃侃而谈，"老一辈小岗人在当年那么艰难的情况下都敢闯敢试，我们年轻人又有什么理由轻言放弃呢！"这是殷玉荣的答案，也是小岗村的答案。

小岗村的新发展

日子越过越美，产业越来越旺。近年来，小岗村大力改善农业基础设

施建设，改造治理 9000 亩田园综合体高标准农田，基本上实现了高标准农田全覆盖和"小田变大田、碎田变整田"；加快培育新型经营主体，引进安徽农垦和北大荒集团，促进现代农业转型升级。同时，小岗村还积极发展农产品加工业。如今，总投资 10 亿元的小岗盼盼食品项目和总投资 1.8 亿元的蒸谷米项目已先后投产。

讲红色故事，做绿色文章。小岗村通过打造"大包干纪念馆"、"沈浩同志先进事迹陈列馆"和"当年农家"等景点，大力推进乡村旅游业，先后获得全国十大名村、国家 AAAA 级旅游景区、全国红色旅游经典景区等多项荣誉。

为了让旅游招牌更亮，小岗村还组织策划一系列有特色、有亮点的节庆活动，吸引游客前来度假休闲。"2019 年，我们举办了'岗上花开'万人赏花游、小岗村特色美食文化旅游节、'小岗喊您过端午'和戏曲盛典演唱会等活动，全年接待游客突破 100 万人次，实现旅游综合收入 2.6 亿元。"小岗村旅游投资管理股份有限公司常务副董事长杨永强说，"尤其是在 5 月 1 日那天，我们接待的游客超过 5 万人次。"

通过发展特色旅游，带动旅游基础设施建设，餐饮住宿等旅游消费。"如今，小岗村已经有十几位村民办起了农家乐，年收入均在 20 万元左右。"杨永强说，"为了能让游客玩得更尽兴，我们还准备建设小岗村特色民宿、改造升级村内景观及配套设施，以超值的旅游体验让游客流连忘返。"

◀ 小岗村在中国改革开放史上留下了深刻的印记

各类产业的不断发展还提供了大量的就业机会。如今，小岗村各大企业、工业园区和种植基地为村民提供了 2000 多个就业岗位，不仅能让村民留在村里上班，还吸引了不少周边的人前来务工，让小岗村的人气更足了，发展也更旺了。

探索不停

近年来，国家积极推进农村一二三产业融合发展，作为改革开放的排头兵，小岗村响应号召，并基于产业现状，积极开展多层次、多方向的探索。

"促进农村三产融合发展，关键是拓展产业链。"滁州学院小岗村与农村改革发展研究中心教授陈学云表示，近年来，小岗村通过纵向拓展、横向拓展和双向整合拓展三个方面拉伸产业链条，促进经济快速发展。

在产业链纵向拓展方面，小岗村通过流转土地，发展农村适度规模经济，在种植、养殖和服务等领域积极培育专业农业大户，并通过这些农业大户的带动作用，将农业与加工业有机结合，延伸产业链，从而提高农业产业附加值。

在产业链横向拓展方面，小岗村借助国家 AAAA 级旅游景区优势，围绕小岗村特色品牌，将旅游业、农业和农家乐等业态有机融合，形成"农业＋旅游业"的产业融合模式，突破农业单链发展的局限，布局多链互动、多链融合的产业网络发展格局。

在产业链双向整合拓展方面，小岗村先后成立凤阳小岗村创新发展有限公司、滁州市小岗村旅游投资管理股份有限公司，探索村集体资产股份合作制改革。通过具有全产业链特性的规模性经济组织，突破产业链或"纵向"、或"横向"的单一发展局限，进而推动小岗村农业产业与二、三产业深度融合。

"农村三产融合可以实现产业链延长和新业态创造，拓宽农业发展领域。"滁州学院小岗村与农村改革发展研究中心的程长明老师表示，近几年，小岗村农业产业链多元发展，为促进三产融合、实现乡村振兴不断注入新动能。

| 扫码观看 |

小岗村"大包干"带头人严宏昌与关友江专访

| 扫码参观 |

小岗村

关 键 词　九八抗洪

实地采访　黑龙江省齐齐哈尔市泰来县

泰来有座"洪生新村"

提示
TI SHI
▽

1998 年汛期，气候异常，暴雨频发。长江出现全流域性大水；东北嫩江、松花江暴发百年不遇的特大洪水……在党中央坚强领导下，全党、全军和全国人民紧急行动，特别是受灾省份的广大干部群众同前来支援的解放军指战员、武警官兵一起，团结奋战，力挽狂澜，同洪水进行了惊心动魄的殊死搏斗。

军民协力

决战大昂堤、齐富大堤保卫战、万家围子突击战……翻开齐齐哈尔当年的抗洪史，这些惊心动魄的抢险战斗，都在抗洪军民的共同努力下化险为夷。

为了守护齐齐哈尔主城区及沿江重要城镇和重要水利设施的安全，泰来人付出巨大代价：全县 16 个乡镇全部受灾，其中重灾乡镇有 8 个，冲毁民房 10310 户 27466 间，受灾人口 12.89 万人……

在与洪水抗争的 60 多个日日夜夜，所有参战军民以舍生忘死的精神，用自己身上的泥水、血水和汗水，绘就了一幅万众一心战洪水的生动画卷。王彬讲述了这样一个感人的故事：1998 年 8 月 16 日，嫩江齐齐哈尔段水位仍在超历史最高水位上，第四次洪峰通过泰来县，沙基沙坝出现大面积脱坡、渗水和管涌，如果决口会回灌齐齐哈尔市。危急时刻，一支仅有280人的抗洪部队，在洪水中奋战5个多小时，用4万余袋沙袋叠筑了40余延长米的围堰，完成了重要险段的加固任务。

"类似的故事还有许多，所有参与抗洪的军民，都是超负荷工作，很多时候连饭都顾不上吃。"王彬说，"洪峰要来的时候，解放军战士总是冲在最危险的地方。"

据记载，1998年8月11日23时，齐齐哈尔江段水位达到149.29米，接近百年一遇；8月13日6时，水位达到149.30米，高出历史水位0.69米，流量达到近1.5万立方米/秒，超历史5000立方米/秒，为300年一遇；泰来江桥水位达到142.37米，高出历史水位1.61米，流量达到近1.75万立方米/秒，超历史6900立方米/秒，为500年一遇。

面对汹涌的洪水，广大抗洪军民为了国家和人民的利益，不怕困难、顽强拼搏。在泰来中国九八抗洪纪念馆的展板上，有这样一段总结："这次特大洪水，危害范围广，持续时间长，人被累乏，堤被泡软，抗洪抢险物资一次又一次被用完，没有坚强的意志和耐力，没有敢于胜利的信心和把握，没有强大的综合国力为后盾，就很难面对四次洪峰，夺得一个又一个重大胜利。"

◀ 面对汹涌的洪水，广大抗洪军民为了国家和人民的利益，不怕困难，顽强拼搏

有序转移

嫩江，全长 1370 公里，是松花江的一条重要支流。这条润泽了松嫩平原的大河，两岸有我国重要的粮食产区，有著名的"工业基地"齐齐哈尔，有"石油之城"大庆……

然而，历史上的嫩江并不总是那么"温顺"，曾多次发生特大洪水。1998 年夏天的那次洪灾，至今仍令泰来人难以忘却。"我记得从 6 月份开始，这大雨啊，就一直下个不停，眼看着江水往上涨，村干部通知大家抓紧时间转移，我和家人就跑到亲戚家住了挺长时间。"当地村民张俊财对 20 多年前的往事记忆犹新。

泰来县位于黑龙江省西南部，黑吉蒙三省区交界处，素有"鸡鸣三省"之称。"泰来地处嫩江的下游，流经我县的嫩江约 144 公里，水域宽广，水量丰沛。"泰来九八抗洪纪念馆馆长王彬介绍说。

1998 年夏天，嫩江流域连降大到暴雨，泰来境内的嫩江堤岸更是"险象环生"。王彬告诉记者："从 6 月初到 8 月中旬，嫩江持续高水位 50 多天。长时间的洪水浸泡、冲刷，致使堤坝险工弱段增加，堤前脱坡、堤后渗水、管涌、堤顶靠子堤维护。"

这期间，四次洪峰裹挟着万顷浪涛，冲撞着早已"危机重重"的堤防。"当时最高水位曾达到 142.37 米，超过历史最高水位 1.61 米。"王彬说。

面对来势汹涌的特大洪水，泰来县 20 万名群众在党和政府的精心安排下，有序转移到临时安置点、安全地带及亲戚家。

"那时候通信落后，但通知群众转移的速度非常快。"王彬说，"镇政府在接到县政府通知后，第一时间往各村下达通知，村干部冒雨挨家挨户通知转移。有的村干部，甚至顾不上自己家搬东西，全力以赴帮助村民转移。"

经历过"大转移"的张俊财告诉记者："村干部反复跟大伙说，可能随时要转移，大家赶紧做好准备。因为有了提前准备，到了通知转移时，村里秩序井然，有全家去临时安置点的，还有自己投奔亲戚的。"

最终，泰来县成功实现 20 万名群众安全转移无一伤亡的奇迹。

▲ "洪生新村"，含义是指在洪水中获得新生的村民所居住的村庄

2012 年，泰来县选择在风光旖旎的嫩江之滨、大兴镇的洪生新村，利用原有遗址的基础，修建了一座抗洪纪念馆，以此来铭记那段惊心动魄的抗洪史诗。

村庄重生

泰来中国九八抗洪纪念馆所在地为大兴镇洪生新村。"洪水过后，这里曾是一处灾民临时安置点，被命名为'洪生新村'。"王彬说，取名"洪生新村"，含义是指在洪水中获得新生的村民所居住的村庄。

纪念馆的室外展览区，至今保留着当年灾民临时安置点的模样：灾民住的地窨子，以及木板棚结构的村办公室等设施。

从纪念馆楼顶观光台望去，不远处便是嫩江。"我们现在所处的位置，是嫩江岸边的一处大岗，当地人管这儿叫大泡子岗。"王彬说，"当年闹洪水时，附近村民转移到大岗上，随后县委、县政府建立了灾民临时安置点，这里最多时曾有上千名灾民居住。"

灾民住过的地窖子为半地下砖房。由于地窖子很矮，进门时得小心低头，屋里面有一铺大炕，棚顶有个灯泡，炕头还有一口大锅。王彬说："在地窖子里住很艰苦，但当时它发挥了很大的作用。"

兴教育、建民房、保春种、防病疫、筑江堤、修道路……"一年受灾，一年恢复"，泰来人民用自己勤劳的双手，在废墟上重建家园。

创业村毗邻洪生新村，当年同样受灾严重。"战胜洪水后，我们把'坚韧不拔、敢于胜利'这八个字背后的精神作为重建家园的不竭动力。"创业村党支部书记李殿军说，重建家园不仅是重盖房子，还要找到致富的道路，"从1999年开始，全村把水稻作为支柱产业，现在年收入人均达到3万元。"创业村是泰来县受灾村庄重建家园的一个缩影，如今的泰来人都有一股不服输的精气神儿，抗洪精神已融入他们的血脉之中！

解读
JIE DU
▽

铭记

为弘扬抗洪精神，在黑龙江省齐齐哈尔市泰来县、江西省九江市、湖北省咸宁市嘉鱼县都修建了抗洪专题纪念馆。

□ 泰来中国九八抗洪纪念馆

在泰来县大兴镇，有一栋船型的地标建筑——泰来中国九八抗洪纪念馆。纪念馆整体造型参考地窖子的烟囱和住室造型，即一横一竖，寓意党领导人民抗击洪水，战胜洪灾，克服困难，渡过险滩。纪念馆内展出的一张张照片、一个个模拟场景、一段段珍贵视频，将每一位参观者重新带回到23年前的夏天。实物展柜中展出的橡皮艇、冲锋舟、海事卫星电话以及老虎团战士们自编的战斗小报等展品，无声地诉说着抗洪军民与洪水搏斗的感人故事。纪念馆外为室外展区，完整保留了当年的灾民安置点——

▲ 纪念馆外的室外展区

洪生新村的原貌，村办公室、村小学、医务室、治安室、水井及灾民居住的地窖子。

□ 九江抗洪纪念馆

江西九江，无疑是 1998 年抗洪过程中最让全国人民牵挂的城市。在九江大堤决口的不利情况下，抗洪军民不顾安危、连续奋战多日，终于将汹涌的洪水堵在了九江城外，确保了九江人民的安全。为了不忘历史，当地政府专门修建了九江抗洪纪念馆。该馆位于九江市浔阳西路的长江之畔，是一座长 80 余米的驳船造型建筑。纪念馆以影像资料、图文记载、历史文物、模拟情景等多种展览手段，完整再现了那段惊天地的抗洪史诗。

□ 簰洲湾 98 抗洪纪念馆

湖北省咸宁市嘉鱼县也有一座反映抗洪的纪念馆——簰洲湾九八抗洪纪念馆。该馆位于嘉鱼县簰洲湾镇八一路南侧。面对洪水，广大军民以血肉之躯和钢铁意志守护长江大堤。在簰洲湾 98 抗洪纪念馆内，丰富的实物、图片和影像资料，全景再现了当年的抗洪历史以及嘉鱼人民重建家园的辉煌成就。

▼ 泰来中国九八抗洪纪念馆

|扫码参观|
泰来九八抗洪纪念馆

关 键 词　汶川地震

实地采访　四川汶川特大地震漩口中学遗址

映秀"花"开

提示
TI SHI
▽

2008 年"5·12"汶川特大地震，是新中国成立以来破坏性最强、波及范围最广、救灾难度最大的一次地震。从地震当天到 5 月 22 日，中共中央政治局常委会先后召开 3 次会议。会议强调的是同一个主题：把抢救被困群众放在第一位，只要有一线希望，就要尽一切努力施救。震后不到一个月，中央作出"建立对口支援机制"的决定，国务院明确提出"实行一省帮一重灾县，几省帮一重灾市（州），举全国之力，加快恢复重建"。

感谢解放军

记者从都江堰驱车前往汶川县映秀镇。采访当天，下着绵绵细雨，空气中弥漫着清新的味道。沿途道路两旁，树木郁郁葱葱，花朵静静开放，房屋整齐，映秀看上去美丽而静谧。

在四川汶川特大地震漩口中学遗址前的广场上，参观的游客不少，但没有人大声喧哗，每个人有序地走进遗址。

为记者进行解说的讲解员叫董家琴，她是当年地震的幸存者。

走进遗址大门，四周都是高高耸立的柏树，迎面看到倾斜的教学楼和一座巨大的纪念碑。纪念碑以时钟为造型，上面显示着地震发生的时间——

▲ 广场上的宣传板

14点28分。尽管已经过去了13年，但回想起当年的那场地震，董家琴依然心有余悸。

董家琴清楚地记得，2008年"5·12"汶川特大地震当天，她正在映秀湾隧道工作，一声巨响，她只觉得山、地都在动，接着就被堵在山洞中，什么也看不见了。求生的本能让她一边哭一边往外爬，几个小时后，董家琴终于看到了光亮。站在废墟之上，她最担心的是父母和孩子。董家琴深一脚浅一脚地往家跑，在家附近找到了受伤的父母。他们又一起去学校找孩子，终于在100多个幸存的孩子中找到了女儿。

余震中，不断有飞石坠落，董家琴的心始终悬着。真正让她放下心来的，是5月14日看到翻山而来的解放军战士。"战士们是克服重重困难，穿过死亡路线来救我们的。"董家琴记得，有的战士衣服划坏了，有的手上还有伤。看到他们的那一刻，董家琴就像看到亲人一样激动。她告诉记者："我到现在还记得，其中一个战士对我们说，老乡，我们来晚了。"

回忆这句话时，董家琴的眼眶湿润了。还有一件事让她印象深刻。当时，董家琴的父亲一直惦记家中柜子里的3000多元现金，想回去找找。大家说，都什么时候了，还在乎钱？这时候，两个20多岁的战士主动陪着老人回到已成废墟的房了，真的把钱找了出来。董家琴说，当时他们全家人都感动不已，一直追问两个战士的姓名，他们只留下4个字——济南铁军。

之后的几天，不断有解放军战士、医护人员、志愿者加入救援队伍。每个幸存者每天说得最多的就是"谢谢"两个字。

正如遗址入口处宣传板上所写的歌谣：

美丽的格桑花，是我感恩的心。飘动的五彩云，是我发出的信。

多谢了，多谢了，汶川多谢有恩的人！

耀眼的党徽

如今，经历了震后重建的映秀镇，山清水秀，环境优美。

漩口中学遗址上，一簇簇盛开的茶花和玉兰花映衬着今天的映秀，生机盎然。董家琴说，一次，有个外国参观者通过翻译听完她的讲解后，竖起大拇指说，"中国人，了不起"。映秀的变化，彰显的正是中国力量。

在映秀采访期间，老百姓总会提起，地震发生后，镇里的党员干部只要是幸存下来的，都第一时间投入救援工作。当时不在镇里的党员干部，也都翻山越岭冒着余震的危险连夜往回赶。党员让出帐篷，党员去最危险的地方，党员干最艰苦的工作……

渔子溪村村民姚先群在地震期间曾被压在房子底部长达两天。解放军战士将她救出后，直接把她送上了赴广东番禺的飞机。姚先群在番禺治疗

了半年，她想念失踪的妈妈和姐姐，经常忍不住伤心落泪。这时，医护人员不顾劳累利用换班时间宽慰她，开解她。他们的名字，姚先群不知道，但她记住了那一身身白大褂上耀眼的党员徽章。

现在，姚先群在"5·12"汶川特大地震映秀震中纪念馆摆摊卖纪念品。每天都有很多人到纪念馆参观，每次看到戴着党徽来买纪念品的顾客，姚先群总会给最便宜的价格。她说，自己的命是党救的，"我也想有所回报"。

日子越过越"巴适"

重建的映秀，面貌焕然一新。

穿过挂满许愿牌的映秀大桥，镇上的饭店一个挨着一个。

博爱新村饭店里，老板杨云刚正在忙碌着。2018年2月12日，习近平总书记到映秀考察，曾和杨云刚一起炸酥肉。提起这段经历，杨云刚的话匣子一下子打开了。

杨云刚原本是驾校教练，汶川地震中，他和家人都幸存了下来。因为开车技术娴熟，援建工程队请杨云刚当司机。每天和援建者朝夕相处，他

▼ 纪念碑上铭记着抗震救灾的伟大胜利

见证了各地援建单位对映秀的无私奉献。"如果没有全国各地的支援，我真的无法想象，我们需要多久才能重建家园。"杨云刚说。

▲ 博爱新村饭店

2012年，杨云刚决定开家饭店，取名"博爱新村"。杨云刚说，用这个名字向援建者致敬。

博爱新村经营得红红火火，特别是夏天，屋里屋外摆满椅子都坐不下。博爱新村的腊肉十分出名，除了提供堂食，杨云刚和老伴儿每天还会接到来自全国各地的网上订单。2021年年初，杨云刚在汶川县买了一处140多平方米的新房，日子越过越"巴适"。

杨云刚说，日子好了，全家都不会忘记原因是啥，"对于每位曾经帮助映秀的援建者，我们都充满感激"。

行记
XING JI
▽

爱心路

去往"5·12"汶川特大地震映秀震中纪念馆的山路上，有一条"爱心路"。这条路上，有大大小小的特别的石头。

特别之处在于，石头上都刻着字。它们是世界各地参观者留下的祝福。这些祝福，给映秀人带来无限感动和力量。

石头上的字，出现最多的是"中国加油""四川雄起"。最早在石头上刻下祝福的是参与援建的人员。他们与映秀人朝夕相处，像战友一样并肩

▲ 爱心路上的石头墙

前行。援建人员撤离时把祝福刻在了石头上，为映秀留下一份珍贵的礼物。

"5·12"汶川特大地震映秀震中纪念馆由广东东莞对口援建，于2012年5月12日正式对外开放。纪念馆面朝东方，见证着映秀镇的重生与崛起。

每年，大批参观者来到这里参观。参观结束后，他们也会在石头上留下自己的祝福。这些祝福或是对幸存者的鼓励，或是对重建速度之快的感叹，还有对映秀的深情祝福。

随着刻有祝福语的石头越来越多，有关部门将这些石头收集到一起，摆放在通往纪念馆的道路两旁，并以"爱心路"命名。

| 扫码参观 |

映秀地震纪念馆

 **关键词** 抗击新冠疫情

实地采访 湖北武汉雷神山医院

雷神山一"画"胜千言

提示
TI SHI
▽

2020 年，对所有中国人来说都是极不平凡的一年。新年伊始，新冠肺炎疫情突如其来，从武汉蔓延席卷全国，速度快、范围广、防控难度大。我们历经艰难，却从没有一刻放弃希望。

以习近平同志为核心的党中央团结带领全国各族人民，进行了一场惊

心动魄的抗疫大战，我们付出巨大努力，取得了抗疫斗争的重大战略成果。

武汉雷神山医院，作为战"疫"攻坚的标志性阵地，人所共知。这家专门收治重症患者的医院，规划 1500 张床位，共有 32 个病区。辽宁医疗队作为到达雷神山医院最早、规模最大的医疗队，先后接收 18 个病区，承担了雷神山医院半数以上的诊疗量。

从 2020 年 2 月 12 日接诊首例病患，到 4 月 15 日休舱，医护人员在雷神山医院争分夺秒，与死神赛跑。紧张工作之余，辽宁医疗队队员们在医院走廊的墙壁上，创作了一组组手绘，这些画作一度成为严酷环境中的一抹暖意，走红网络，鼓舞了全国人民。

时隔一年，在建党百年之际，报道组精选一组画作，透过这些或细腻或豪迈的笔触，回顾那些越是艰苦，越要向前的身影，和 14 亿中国人民抗击疫情的力量、决心与信念。

再浓重的黑暗，经不起万千微光来点亮。浊浪滔天，无畏的人不弃，乌云压城，追光的人齐聚，才有了生命的方舟。回望百年，中国共产党之所以能够一次次化解危机困境，一次次创造奇迹，力量正来自于广大人民。

◀ 武汉雷神山医院

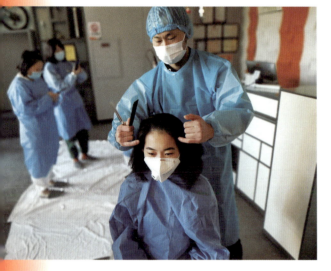

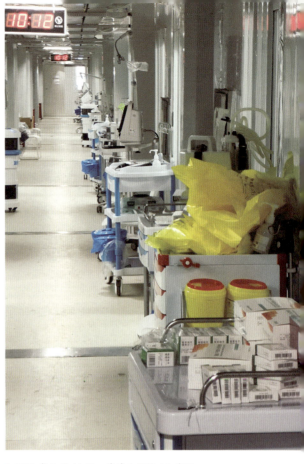

▲ 2020 年 2 月 16 日，雷神山医院 C11 病区铁岭市西丰县第一医院护士韩爽剪掉留了 8 年的长发

▲ 2020 年 2 月 14 日，雷神山医院 A8 病区负压病房准备接诊

◀ 2020 年 2 月 18 日，辽宁医疗队做接诊准备

▲ 2020 年 2 月 14 日，辽宁医疗队准备接诊患者

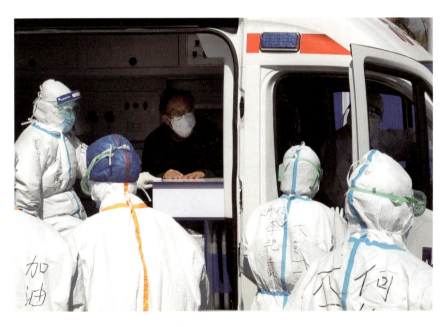

▲ 2020 年 2 月 18 日，一名患者出院

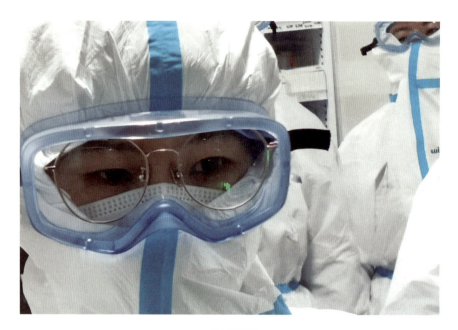

▲ 穿好防护服

▲ 来自辽宁的医护人员始终坚守岗位

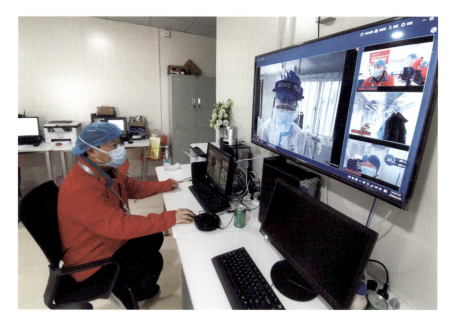

▲ 大连医科大学附属医院"医疗音视频实时互联系统"在雷神山医院投入使用

▲ 雷神山医院内的涂鸦墙

兵发雷神山！

南方五两四九（CZ5249）
我谨代表大连空管
向全体机组成员及医护成员
致以最崇高的敬意
祝所有医护成员
早日凯旋
平安归来
南方五两四九（CZ5249）
你们辛苦了！
加油！

祝所有医护成员早日凯旋！

00:00 ———————————— 04:03

▲ 2020 年 2 月 8 日 14 时，辽宁接到卫生健康委发布的任务，组建 1000 人的医疗队，赶赴武汉雷神山医院。

武汉胜则湖北胜，
湖北胜则中国胜！

▲ 守一座城，护一国人。以大连医科大学、锦州医科大学为主，全省 14 个市医疗机构全部参与的辽宁医疗队，1013 人，4 小时完成集结。命令发出后不到 24 小时，这支千人医疗队全员抵达武汉完成部署。

◀ 踏进雷神山医院，辽宁医疗队里无论是领队、主任还是普通队员，既当搬运工、安装工，又当清洁工、保洁员，昼夜奋战，将空荡荡的 A13 病区建成达标，并率先实现接诊。这时，距离他们到达武汉，刚刚过去 72 小时。

怪兽们破坏力很强,所以医生护士们要穿上防护服,戴上口罩和护目镜.

▲ 口罩遮蔽了容颜,但挡不住温暖。每天穿着厚厚的防护服,奔跑、沟通、抢救——是雷神山医院中战斗的常态,也是辽宁医疗队队员的真实写照。

▼ 后来,画布逐渐延伸到 A2 病区医护人员上下班通道墙壁上,从一条走廊到许多个病区,从医护人员到患者,画画的人越来越多。

▼ 输液、采血、采集核酸检测标本、口腔护理、病情观察、翻身、喂水喂饭、处理大小便……医护人员的照顾精心细致。为了缓解病区沉闷的气氛,帮助患者调节情绪,他们还在防护服上画了不少可爱的卡通形象,患者亲切地把穿着防护服的医护人员称为"大白"。

征战雷神穿白甲

不破病毒终不还

▲ 大白战病毒、热干面和东北小吃们的故事，钟南山卡通形象……涂鸦暖心应景，黑白的线条，镀上坚定的信念，筑起最温柔的护佑。

◀ 画面一天比一天更丰富，来散心看画的人络绎不绝。医护人员干脆画了一张"付款二维码"，并留言"拍照后请自觉扫码"，不少人信以为真，掏出手机"埋单"。辽宁医疗队用东北人特有的幽默，与患者在朝夕相处中结下深厚的情谊。

锦医大一院 欢迎大家
战胜 疫情来我们这里吃烧烤

湖北省肿瘤医院
谢谢锦医大一院的宝宝
们 我们相约在锦州 吃烧
烤 喝啤酒 相亲相爱的
一家人

▶ 锦州医科大学附属第一医院在墙壁上留下"战胜疫情，来我们这里吃烧烤"的邀请。湖北省肿瘤医院，随即在旁边认领"家人"，欣然应邀。

▲ 武汉的春光日渐明媚，墙壁上不知何时出现了一张张春意盎然的小画。2020 年 3 月 15 日，又有 170 名辽宁医疗队员加入雷神山医院，至此，辽宁奋战在雷神山的医疗队员总数达 1183 人，共计管理 18 个病区。

▶ 截至 2020 年 3 月 28 日，辽宁医疗队负责的 9 个病区相继"清零"。雾尽风暖，樱花将灿，胜利就在眼前。

◀ 精心救治之下，2020 年 2 月 18 日，收治病患不到一周，辽宁医疗队负责救治的雷神山医院首批 2 名符合出院标准的新冠肺炎确诊患者出院。

▲ 画下黄鹤楼的，是辽宁医疗队员王薇，她说："画黄鹤楼的时候，我就在想，等疫情过去，要去游览一下，春暖花开的武汉一定美得让人流连忘返。"看着墙上的大连美景，不少患者都说："病好了，一定得去大连，看看你们画的这些地方。"

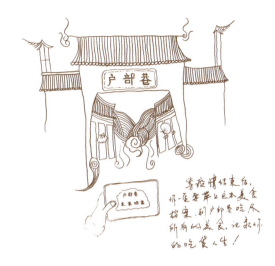

▲ 雷神山医院墙上的壁画，开始出现新的主题——丹东鸭绿江断桥，锦州古塔，大连老虎滩海洋公园，武汉的长江大桥、黄鹤楼、户部巷……

▼ 雷神山医院病区内，昔日忙碌的"战场"安静下来。留在病区走廊上的手绘涂鸦生动依旧，作为刻骨铭心抗疫时光的珍贵见证，它们将被送至博物馆收藏。阳光如常普照的每一天里，我们都应当记住，曾有人在此，为我们奋斗。

▲ 2020 年 4 月 15 日，雷神山医院休舱。辽宁支援雷神山医疗队的 1183 名队员，同时间赛跑，与病魔较量，以"建制最大、投身最早、建设最快、收治最多、死亡最少"的成绩，在雷神山医院的抗疫斗争中交出了一份满意的答卷。

在雄安遇见未来

提示
TI SHI
▽

　　2017 年 4 月 1 日，中共中央、国务院印发通知，决定设立国家级新区河北雄安新区。今日的雄安新区，1770 平方公里的土地上，一台台塔吊高高耸起，一辆辆挖掘机铁臂挥舞，一辆辆卡车穿梭不息，十多万名全国各地的建设者，在上百个重大项目的施工现场不辞辛劳地工作……从 4 年前的"横空出世"，到现在大规模建设如火如荼，一座"未来之城"的模样正日渐清晰。

千年大计

　　建设雄安新区是千年大计。新区首先就要新在规划、建设的理念上，要体现出前瞻性、引领性。要全面贯彻新发展理念，坚持高质量发展要求，努力创造新时代高质量发展的标杆。

　　记者观察：记者曾在网上看到一部《新时代的中国：雄安探索人类发展的未来之城》宣传片，片中囊括了 5G、智能感知芯片、智能传感器、区块链等"黑科技"。到了雄安后发现，无人超市、无人汽车、刷脸支付、绿色魔盒等"黑科技"，暂时只有在市民服务中心才能体验到。

　　孙长俊（雄安人）：2017 年 4 月 1 日，是所有雄安人终生难忘的一天。

▲ 雄安新区努力打造贯彻新发展理念的创新发展示范区

做梦也没想到，咱这儿成了"未来之城"。从那天起，媒体上一有跟雄安规划、建设有关的新闻，我都仔仔细细地看。在我的带动下，村里不少人也跟着关心雄安新闻了。毕竟，雄安的建设，最终受益的人是我们自己，咱们不关心，谁关心？记得市民服务中心是2018年春天建成的，建成不久我就去了，后来又去过好几次。"未来之城"是啥样，到那里一体验，就越发觉得未来的雄安太好了。到外地旅游的时候，我特别自豪地告诉他们，我是雄安人！4年过去了，雄安开始了大规模的建设，咱们村民的安置房也快建完了，村里人非常期待搬新家的那一刻。

唐军（雄安人）：我作为一名酒店经营者，已经明显感受到了雄安新区大规模建设带来的好处。随着全国的建设大军不断涌入，酒店的入住率持续上升，从经营效益看，当然非常开心。在高兴之余，我也很感动。我在酒店内总能看到这样的场景，操着各地方言的建设者，一见面就研究如何建设雄安，如何把重大工程项目建设得更好。他们抛家舍业，为把雄安的壮美画卷变成现实，真是太拼了。现在全世界的目光都投向了雄安，以旅游为例，自雄安新区成立以来，雄安游客接待量持续增长。等到2035年时，我所从事的酒店业，一定比现在发展得更好。

按下"快进键"

要贯彻高质量发展要求，创造"雄安质量"，在推动高质量发展方面成为全国的一个样板。

记者观察：现在的雄安，大规模建设如火如荼，每个施工企业既要紧紧跟上"雄安速度"，更要按"雄安标准"严格施工，从而创造出"雄安质量"。在雄安新区管委会的"透明雄安"大屏幕上，实时显示着各个工地扬尘、噪声、作业人员、构件状态等数据。

边新民（雄安人）：建设雄安按下了"快进键"，我们本地人在家门口就有活干，再不用像以前那样跑到石家庄或外省去干活了。在雄安干工程，跟其他地方最大区别在于，这里的每项工程都必须达到"雄安标准"，从而创造出"雄安质量"。因此，施工现场的各项管理制度特别严格。以后有机会，我将带家人到我干过活的地方去看看，我可以无比自豪地说，这里有我的贡献，这里有我的汗水……

张基荟（黑龙江人）：我在河北念的大学，也是河北的"女婿"，算是半个河北人。4 年前听说雄安新区成立时，我就特别激动，渴望自己能参与雄安的建设。两年多前，我们公司进驻雄安，我幸运地成为雄安建设的"开路先锋"，我为自己感到骄傲。随着承建项目越来越多，我对"雄安质量"有了更深刻的理解。要知道，在大规模建设期间，扬尘、建筑垃圾等都会成为主要污染源。因此，创造"雄安质量"，不仅体现在工程建设质量上，更要体现在施工过程中，真正做到绿色环保无污染。

世界惊叹

雄安新区将是我们留给子孙后代的历史遗产，必须坚持"世界眼光、国际标准、中国特色、高点定位"的理念，努力打造贯彻新发展理念的创新发展示范区。

记者观察：仅 4 年时间，雄安作出了一系列令世界惊叹的"大动作"。比如，目前亚洲最大的火车站——雄安站，是雄安新区开工建设的第一个国家级重大工程，总建筑面积 47.5 万平方米。此外，连通京、津、雄三地的京雄高速、荣乌高速新线、京德高速一期等 3 条高速公路建成通车。

刘吉全（雄安人）：2020 年年底，雄安站开通运营时，我还特意去了一趟。新闻上说，这个火车站是目前全亚洲最大的，我实地一看，太壮观了。坐火车到北京，不到一个小时就到了，真方便啊！如果没有雄安新区的建设，想必我们这儿不可能有这么大的火车站出现。能在晚年见证一座"未来之城"的建设，甭提多高兴了。听说还有上百个大项目正抓紧建设，雄安的未来太值得期待了。

徐昊（河南人）：以前只是听说深圳特区和上海浦东的开发建设，但作为"九〇后"的我，没有机会参与这两个地方的建设了。4 年前，听说雄安新区成立了，我当时就立志，必须到雄安去，去建设雄安，最好能在雄安干到 2035 年。有可能的话，当然也希望在雄安有一个自己的家。来到雄安后，我看到这里有太多的项目在施工、建设，随处可见建设者忙碌的身影。我也从初来时的激动，慢慢归于平静，跟着同事们一起认真工作，把每一个工程都建成精品工程。等到 2035 年时，我将把所有参与过的项目，带着家人逐一转一遍，自豪地告诉他们，我曾在这里战斗过。

生态画卷

"千年大计"，就要从"千年秀林"开始，努力接续展开蓝绿交织、人与自然和谐相处的优美画卷。

记者观察：4 年来，"蓝天常驻、绿草丛生、水清鱼欢"的生态画卷，在雄安大地描绘得越来越美。截至目前，千年秀林和雄安郊野公园建设累计植树 41 万亩，雄安新区森林覆盖率达到 30%；白洋淀湖心区水质提升至 Ⅳ 类，淀面恢复至 290 平方公里。

刘艾军（雄安人）：在雄安新区没设立前，因为村庄生活污水直排、上游污水汇入等原因，白洋淀的生态环境每况愈下。这两年，白洋淀渐渐恢复了以前的碧波荡漾，再加上千年秀林工程的建设，感觉雄安现在的环境越来越好，"蓝绿交织、清新明亮"的生态空间格局正在快速形成。

王彬（辽宁人）：每次看到或听到各地游客对白洋淀生态环境改善的赞誉，我可高兴了。两年前，我们公司承建雄安府河河口湿地水质净化工

▲ 生态画卷在雄安大地描绘得越来越美

程，也就是白洋淀治理和保护的重点工程，目的是守住府河入白洋淀的最后一道屏障。2020 年夏天的时候，府河便出现了鱼群游弋、荷花映日的美景。接下来，还有很多项目等待我们建设，希望我们的付出，让雄安画卷更美。

行记
XING JI
▽

辽宁也出一分力

春天的雄安新区，一派生机盎然的景象。

在雄安，有这样一群辽宁人，他们无暇欣赏碧波万顷的白洋淀，而是带着一份责任，全身心地投入"未来之城"的建设。

这群人就是中国水利水电第六工程局有限公司（以下简称"水电六局"）的工作人员，水电六局也是我省首家参与雄安建设的央企。

　　两年前，该企业承建了雄安府河河口湿地水质净化工程。水电六局华中公司党委副书记王彬告诉记者，"我们承建的这项工程，属于雄安新区的一项重点生态治理工程，其目的就是守住府河入白洋淀的最后一道屏障。"

　　时隔两年，当记者再次来到府河河口湿地时，湿地内水清鱼欢，一幅壮美的生态画卷已经展开。"到夏天的时候，这里鱼群游弋、荷花映日的美景非常壮观，也格外漂亮。"王彬介绍。

　　两年来，这群辽宁人先后在雄安新区参与了府河河口湿地水质净化工程、萍河左堤防洪治理工程、K1快速路（一期）工程、新安北堤防洪治理工程（一期）、唐河郊野公园一期一标段工程等多个重点项目建设。

　　2021年是雄安新区大规模开发建设向纵深发展的关键一年，来自全国各地的建设大军，正夜以继日地建设雄安新区。

　　"我们2021年的施工任务非常繁重，其中，唐河郊野公园是特别重要的一个项目。"水电六局华中公司副经理付红军说，"郊野公园不是一般意义上的公园，主要依托郊外的自然地形地貌，加上精致的人工设计，最大限度地保留自然景观，更适合人们假日游玩。"

　　目前，水电六局派驻雄安的辽宁人接近百人。"我们见过雄安的星空，吻过破晓的朝阳。"水电六局的一名建设者这样浪漫地形容。

　　面对来自家乡的媒体，他们说，建设雄安是水电六局人一个崭新的开始，千年大计，国家大事，机会难得。"作为辽宁的企业，我们决不辜负4300万家乡人民的重托，一定尽心尽力把雄安新区建设好。"王彬说。

关键词　中国力量、中国速度、奇迹

实地采访　北京、上海、安徽、浙江、黑龙江、河北、四川等地

每一个奇迹都由奋斗书写

提示
TI SHI
▽

中国力量，中国速度，每每惊叹世界。这股力量，源自何处？

习近平总书记多次强调，人民是历史的创造者，人民是真正的英雄。

百年历程，正是因为党和人民始终勠力同心，始终携手奋斗，奇迹才在中华大地上不断涌现。

一条大河波浪宽

浙江·中国水利博物馆

安徽·水利部淮河水利委员会

采访治淮工程，我们走了两个省份，看了 3 个主题展。

采访时精神高度集中，我只顾着观展、记录、拍照，与采访对象交流，对于这段历史的细节，未能细细品味。回到沈阳后，当我坐在电脑前，打开空白文件，准备撰写稿件时，采访本上的字字句句、视频素材里的每一个场景、一张张历史照片，都令我思绪万千。

千万民工前赴后继修渠的影像，我记得。

工具上的泥土印迹和刻痕，我也记得。

淮河两岸绿水青山的美景，我印象深刻。

淮河水利委员会的一位受访者说，听过那些亲身参与治淮的老前辈的讲述，才能真正明白，印在史料里的每一个数字意味着什么，那是几十万、几百万人的心血和付出。

采访期间，我收到一本赠书。书名是《一条大河波浪宽：1949—2019中国治淮全纪实》。看到书名，我的耳边立刻响起了那动人的歌声："为了开辟新天地，唤醒了沉睡的高山，让那河流改变了模样。"

在那个火热的年代，有一群内心火热的人——

他们不畏严寒，在隆冬时节挽起裤腿蹚进冰冷的河水；

他们不畏艰苦，手挖、肩扛、车推，8000多万立方米的工程硬是用80多天就完成了。

合上采访笔记，我想起自己站在淮河大桥旁的堤坝上时，所感受到的阳光的温暖，所听到的汽车的轰鸣，所看到的静静流淌的河水。

地窨子里真"暖"

| 黑龙江·齐齐哈尔泰来

地窨子是东北地区的传统民居，现在已经很少见了。

这次，在位于齐齐哈尔市泰来县的泰来中国九八抗洪纪念馆采访，我第一次真正走进了地窨子。

20多年前，这里的地窨子曾被用作临时居所。别看地窨子空间局促，但有火炕，有大锅，可谓"五脏俱全"。就是在这小小的地窨子里，灾民度过了整整一个冬天。

值得一提的是，这些作为灾民居住过渡房的地窨子，比传统地窨子改进了许多，全部采用砖混结构，还配有电灯。当地政府还将村委会、村卫生所等都搬了过来，使灾民的生活更有保障。

有了安身之所，老百姓的心也定了。大伙儿铆足了劲，在党和政府的带领下，用自己的双手，仅用一年时间，便在废墟上重建了家园。

为丹东人点赞

| 辽宁·丹东

71年前，一批又一批志愿军战士，从丹东出发，"雄赳赳，气昂昂，跨过鸭绿江"！

与此同时，还是丹东，作为祖国战略大后方的最前沿，为支援抗美援朝，老百姓竭尽全力，喊出了"要什么给什么"的铿锵口号。

走进抗美援朝纪念馆，看到"爱国老人"宋传义使用过的挖菜刀，我仿佛回到那个热血沸腾的年代：一个普通农民，每天上山挖野菜喂猪，把省下来的饲料钱捐献给国家……

像宋传义这样的故事，在丹东有很多很多。在那个烽火岁月，丹东人真正做到了他们所宣誓的："要人给人，要物给物，要血给血，要什么给什么，要多少就给多少！"

这座美丽的江城，无愧于"英雄城市"的称号！

虽然硝烟已散，但丹东人民为抗美援朝战争伟大胜利所作的贡献，永远不会被遗忘。

想给映秀留下一块石头

| 四川·汶川映秀

在映秀看到的人，给记者留下深刻的印象。

董家琴，四川汶川特大地震漩口中学遗址的讲解员，她的讲解词融入亲身经历，听来令人动容。董家琴反复说着"感谢"二字。她说，如果没有党的关怀，没有政府的帮助，没有全国人民的支援，映秀不可能这么快

▲ 记者张昕和高爽在映秀采访

就重新"站"起来。

杨云刚，觉得生活越来越"巴适"的饭店老板。他的饭店里，招牌菜叫"幸福酥肉"，远近闻名。他说，"幸福"是这些年最大的感受，他要做好映秀的"窗口"，把映秀的"幸福"告诉更多的人。

在映秀采访，印象深刻的还有石头。前往"5·12"汶川特大地震映秀震中纪念馆的路上，大小各异、形状不一的石头堆砌成墙，"中国加油""四川雄起""勇往直前"，每一句加油，每一句祝福，都是美好的期盼。

离开映秀时，真想也留下一块石头，上面刻上两个字——祝福。

小岗村，大气魄

| 安徽·凤阳小岗村

第一次听到小岗村的名字，是在历史课上。

好奇的种子在那时就已埋下。得知要去小岗村采访，我心怀期待。

来到小岗村，围坐在"大包干"带头人严宏昌家的房檐下，我们像是远道而来的学生，听严宏昌这位"历史老师"讲过去、说现在。

在他的娓娓道来中，我的情绪也跟着变化万千，一会儿为小岗村当年的困窘揪心，一会儿又为村民"敢为天下先"的气魄感叹。

这座村庄的故事，真能说上三天三夜。

▲ 记者赵婷婷和刘璐在小岗村采访

未来之城

这次去雄安，是三年里的第二次。

2021年初夏的雄安，1770平方公里的土地上，被绿色防尘网遮盖的工地相连成片。高耸的塔吊、轰鸣的挖掘机，还有奔跑的卡车，共同构成了雄安画卷。

这座"未来之城"，聚集着来自全国各地的建设者，他们操着各式各样的口音，但眼睛里闪耀着相同的光芒。

记者了解到，许多人是2019年来到雄安的。那时，大规模建设刚刚起步，他们带着兴奋与好奇的心情，投入建设雄安的伟大事业。

"雄安大计"跃然纸上，"未来之城"呼之欲出！面对不断加快的建设速度，他们中的很多人日夜奔忙。尽管很辛苦，但他们充满了希望，每个人都发自内心地说："参与雄安建设，是光荣，是自豪。"

脚印

☐ **上海·中国劳动组合书记部旧址陈列馆**

这是一次被赋予力量的采访。

我好像回到了 100 年前，回到了觉醒年代，看到工人群众轰轰烈烈闹革命的场面，听到他们气忙山河的声声口号。

采访时，我问了一个看似简单的问题：在信息传播不便利的时代，党如何在万千工人群众中传播马克思主义？党史专家袁士祥说："靠口耳相传呀，一传十，十传百。你想想，这个过程是不是很有力量？"

力量时刻都能感受到。在中国劳动组合书记部旧址陈列馆的地面上，刻印着三种脚印，分别是光脚印、布鞋印和皮鞋印，它们象征着工人一路走来的历程。这变化也生发着令人反复回味的力量。

仰望"战绩"

☐ **北京·中国人民抗日战争纪念馆**

卢沟桥畔，宛平城内，坐落着一座全面反映中国人民抗日战争历史的大型综合性专题纪念馆——中国人民抗日战争纪念馆。

3 月底，我来到这里。走进馆内，在"中流砥柱"展区，一组数字吸引了我的注意——毙伤日军 20645 人，缴获长短枪 5759 支，破坏公路 1502 公里，收复县城 11 座……这是"百团大战"的主要战果，向世人展示着中国共产党带领中国人民抗击日本侵略者的决心和行动。

每一个经过这里的参观者，都会抬头仰望这组数字。一位 80 岁的老人看得格外仔细，他一会儿抬头看看数字，一会儿看看旁边墙上的照片，满眼都是激动。"我当了 25 年兵，一直有个心愿，就是要来这里看一看。"老人说，每个中国人都要铭记这段历史，铭记英烈的名字。

为了人民不惧赴汤蹈火

提示
TI SHI
▽

消防队伍，是与老百姓贴得最近、联系最紧的队伍。他们总是奋战在人民群众最需要的地方，特别是在重大灾害事故面前，不畏艰险、冲锋在前。这一群体是应急救援的主力军和"国家队"，在服务人民的过程中传递着来自党和政府的关怀与温暖。本报报道组走进这一群体，与他们共同开展"我爱中国共产党"主题活动。

信仰支撑信念

不久前，沈阳市铁西区启工消防救援站被命名为第六批全国学雷锋活动示范点，成为全国唯一一支获此殊荣的消防队伍。本报大型主题活动"我爱中国共产党"走进启工消防救援站，听烈火英雄们讲述在人民群众最需要的时候冲锋在前的英勇故事。

"脚踏烈火，身披浓烟，舍生忘死，不畏艰险……"这首名叫《烈火英雄》的歌曲，是启工消防救援站的队歌，不到100个字的篇幅，将消防员的英勇无畏描写得淋漓尽致。启工消防救援站担负着沈阳市13.7平方公里的主城区灭火救援和沈阳市西部484平方公里的应急救援任务，自1965年5月建队以来，成功扑救火灾4万起，抢险救援6750余起，疏散抢救遇险

群众 6830 多人，挽回经济损失 19.5 亿元。

走进启工消防救援站队史馆，鲜红的标语——唯旗誓夺，英勇善战，一心为民，永不褪色——格外醒目。站长池涛告诉记者，这 16 个字是启工消防救援站的队训，"我们训练时，都会齐声喊队训，一是为了鼓舞士气，二是培养每位消防员不忘初心、牢记使命。"

一字一句，铭记在心的不仅有队训，还有全体消防员心中对百姓的责任与忠诚。除了救火救人，启工消防救援站先后与 12 所中小学、24 个社区、87 个单位结为共建对子，捐资 14 万余元，义务献血 16 万毫升。

每一组数字都诉说着消防员们的汗水与拼搏，馆内的每一张照片都诠释了共产党人的初心与使命，赴汤蹈火是他们身为最美逆行者的勇敢忠诚，群众的幸福与安宁则是他们永远的追求。

团结铸就力量

启工消防救援站政治指导员张岩引领着记者向队史馆内走去，墙上的彩色图片记录着消防员每次执行任务的现场，每一张图片旁边都有几行字的解说，字不多，却很有力量。

▼ 赴川参战的消防员在飞机上写下的请战书

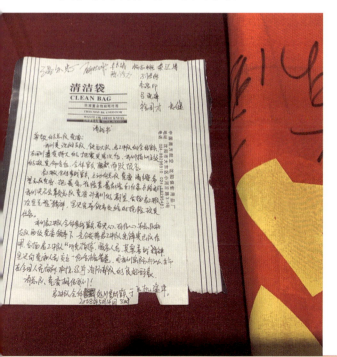

"这一面墙都是我们站消防员获得的荣誉，"张岩说，"自建队以来，荣获个人一等功的共有 13 人。"

很难想象，这么多一等功奖章背后蕴藏了多少血汗，一不怕苦，二不怕死，启工消防救援站的每一名消防员都在身体力行地做好每次训练，完成每次任务。

2010 年 7 月 16 日，大连

市金州区大连新港附近中石油的一条输油管道起火爆炸，在随时都有爆炸危险的情况下，启工消防救援站的11名队员组成敢死队，拼命护住了最后一道防线；2011年除夕，沈阳皇朝万鑫国际大厦200多米的高楼被大火吞噬，152米高的B座已经完全燃烧，临危受命，启工消防救援站参与救援的每一名消防员身背四五十公斤的救援器材，沿着疏散楼梯登楼，上楼堵截火势的途中，烟雾将视线完全遮盖，消防员们顶着火，完成了这次的超高层营救；2019年4月17日，沈阳棋盘山发生山火，大火多燃烧一分，森林就少了一顷，在这场保护国有园林的战斗中，启工消防救援站再次发挥了英勇善战的精神，联合其他消防战士，一起控制住了火情，让损失降到了最低，且没有造成人员伤亡……

像这样的事例，在启工消防救援站还有很多，每一个小伙子都是训练场上当仁不让的战士、救火现场英勇无畏的英雄。

张立新是站内工作最久的消防员，一些新兵刚来时，都喜欢和他倾诉。训练时的苦，想家时的泪，一个人的苦闷，各种酸甜苦辣，张立新总是暖言以对。

"我们平时训练很苦，早起早睡，都是强制性的，一些新兵不适应，总和我叫苦。"张立新嘴角上扬，继续说道，"其实这样要求我们是对生命负责，我们随时都要做好应战的准备。训练是很辛苦，但是没有这些训练，在火场上是不行的。火场可不是闹着玩儿的，稍有一点儿闪失，损失都是不可想象的。我会用我的经验告诉他们，一定要对自己负责，对他人负责。"

启工消防救援站的消防员们在没有任务时，会经常模拟火场上可能出现的情况，让自己随时警惕危险，好在危难时刻做出最正确的判断，就连最基本的"甩水带"，消防员们也会每天练习好几遍，"把简单的东西复杂化，越是容易越不能大意，这样在关键时刻才不会慌张"。他们在训练场的自我要求，也是为了火场中的自我保护。

老队员带新队员，团结成为一家人。这些不是亲人的"亲人们"，相互扶持，用协作完成每一次任务，用近乎苛刻的标准要求自己，让彼此更有能力守护一方百姓。

▲ 沈阳市铁西区启工消防救援站发生过很多英勇的故事

小家成就大家

"我女儿7个月了……"

"我儿子9岁了……"

这是站内消防员李宇航和张立新日常的对话。

李宇航自从毕业来到启工消防救援站以后，和妻子在一起的时间屈指可数。

"我和爱人是在学校认识的，我现在在沈阳，她在内蒙古，我俩属于异地恋。"

"想家吗？"

李宇航摸摸鼻子，真切地说："想，怎么不想？我女儿7个月了，不知道记不记得我。"

当消防员的苦累或许只有自己知道，但心中的思念却藏不住。

除夕夜对普通人来说，是一家老小一起在电视机前看春晚的团聚时刻。可是对于消防员们，越是过年过节，越是不敢松懈，24小时随时准备出战，随时随地保护人民群众的安全。

李宇航告诉记者，每次出任务，他不会提前和家里人说，都是平安归来才联络，"现在网络信息发达，我家里人会在网上看到哪里有火情，有时候会给我打电话，我怕他们担心。"

"我不害怕去火场，队里的每次训练都和实战一样，会锻炼我们处理突发情况的能力。但是我的家人会害怕，我会安慰他们，他们也会理解我们。"李宇航说。

作为消防员，过节时，他们无法与家人团聚，但是作为消防员，他们却始终与人民群众在一起，将人民群众的利益放在首位，把百姓放在心中最高的位置，成为群众最有安全感的依靠。

灯火通明的夜晚，星星格外亮，不用怕黑，因为有光一直在照亮前行的路。也正是因为有这些奋不顾身的人为我们默默守护，那些血汗见证了不顾一切的英勇，那些美好岁月的记忆值得被定格与铭记。

启工消防救援站队史馆内的赴汶川请战书上，有这样一句话："希望领导把最急难险重的任务交给我们，我们绝对不会辜负期望，坚决完成领导交给的抢险救灾任务。"这是启工消防救援站全体赴川参战消防员在飞机上用清洁袋临时书写的请战书，也是他们对党和人民最有担当的回答。

现场
XIAN CHANG
▽

烈火英雄

活动当天，张立新胸前戴着奖章，笔挺地坐着，皮肤黝黑，眼神坚毅有力量。

"我是1986年出生，2004年开始当兵，到现在已经18年了。"坐定后，

▲ 张立新

这位谦和有礼的消防员开始和记者交谈起来，"响应征兵号召，我从一开始当的就是消防兵。"

"怕吗？在火场里最危险的时刻，想过要放弃吗？"

"怎么会？"张立新睁大眼睛，对记者说道，"在火场里，没有时间害怕，心里想的念的都是救火，救人。能争取一分是一分，能救一个是一个。"

在启工消防救援站，张立新是获得荣誉最多的消防员，先后获得一等功 2 次，二等功 1 次，三等功 4 次，在 2009 年举办的"打造消防铁军"比武竞赛活动中，夺得了"消防状元"头衔，是启工消防救援站第九位"消防状元"。每一个奖章背后都有一个故事，每一个故事背后都有着无怨无悔的付出。

"一等功奖章中的一个是参加救援大连'7·16'大火的时候获得的，那时我和其他 8 个兄弟组成敢死队，负责守住最后一道防线。二等功是在 2006 年的冬天，当时在新民石化厂，第一个油罐已经发生爆炸，我们的任务是保护输油管线，我当时骑在布满铁丝网的围墙上，用泡沫枪冷却管道，大腿扎得都是洞。"张立新平静地诉说着这些危急时刻，那些危险的记忆在他看来不过是尽了自己的责任而已。

| 扫码观看 |
消防活动全程

深情

第四章

念兹在兹

今天是 7 月 1 日，中国共产党成立 100 周年的日子。

值此重大历史节点，本报主题策划《人民至上》推出第四篇章——"深情"。

党的十八大以来，以习近平同志为核心的党中央顺应人民群众对美好生活的向往，坚持以人民为中心的发展思想，以保障和改善民生为重点，发展各项社会事业，加大收入分配调节力度，打赢脱贫攻坚战，保证人民平等参与、平等发展权利，使改革发展成果更多更公平惠及全体人民，朝着实现全体人民共同富裕的目标稳步迈进。

这些年，每逢新年来临之际，国家主席习近平的贺词总会如期而至。2014 年至 2021 年，8 年来，每一年的新年贺词里，"人民"都是关键词——

2014 年，"让人民生活得更加美好"；

2015 年，"我要为我们伟大的人民点赞"；

2016 年，"对所有困难群众，我们都要关爱，让他们从内心感受到温暖"；

2017 年，"小康路上一个都不能掉队"；

2018 年，"把老百姓的安危冷暖时刻放在心上"；

2019 年，"祝乡亲们的生活蒸蒸日上，越过越红火"；

2020 年，"大家跟我说了很多心里话，我一直记在心上"；

2021 年，"平凡铸就伟大，英雄来自人民"。

一句句暖心话，真切平实，饱含深情，直抵人心。

这些年，习近平总书记夙兴夜寐，勤勉为民，无论多忙，都会抽时间到人民群众中走一走、看一看。心系人民的脚步，走遍大江南北。

感悟总书记的牵挂，循着总书记的足迹，报道组走进城市、村庄，深入采访、细致观察——

在广东深圳，我们上莲花山，进渔民村，感受改革、创新为人民美好生活注入的澎湃活力；

在河南开封，我们来到张市镇，看农村基层干部如何实心实意为老百姓办实事；

在浙江舟山，我们住进新建村的民宿，体验"美丽经济"为这座乡村带来的深刻改变；

在江西井冈山，我们通过当地扶贫记者的视角，了解革命老区打赢脱贫攻坚战的生动故事；

在江苏徐州，我们从小香包的一针一线里看到了马庄村兴旺蓬勃的未来；

在辽宁抚顺，我们与东华园社区的老百姓共度一天，多姿多彩的社区生活让人流连忘返；

在内蒙古赤峰，我们走进林场、山葡萄园、农家乐，看到的是一条越走越宽的乡村振兴之路；

在湖北武汉，我们与东湖新城社区的网格员一起忙碌，与外卖小哥一起送货，与来自全国各地的游客共同见证这座英雄城市的复苏！

这一路，所见皆是喜人的变化、幸福的笑脸。我们采访了许多曾与习近平总书记面对面交流的老百姓，他们最难忘的是总书记的嘱托，最感谢的是党和政府的好政策，最盼望的是总书记再来走一走、看一看。

一切为民者，则民向往之。

习近平总书记曾说："时代是出卷人，我们是答卷人，人民是阅卷人。"这句话形象生动地指出了我们党的自我定位和目标追求。

中国共产党初心如磐，奋楫笃行，交出了让人民满意的答卷。

至深情怀映初心

提示
TI SHI
▽

岁月如流，初心不改。2014年至2021年，国家主席习近平发表的新年贺词激励和感染了无数人。贺词中，金句多，故事多，意涵深刻，情感浓郁。我们从八年新年贺词中摘录若干段落，一起来感受习近平主席真挚为民的至深情怀。

2014年　　我们推进改革的根本目的，是要让国家变得更加富强、让社会变得更加公平正义、让人民生活得更加美好。改革是需要我们共同为之奋斗的伟大事业，需要付出艰辛的努力。一分耕耘，一分收获。在改革开放的伟大实践中，我们已经创造了无数辉煌。我坚信，中国人民必将创造出新的辉煌。

2015年　　我国人民生活总体越来越好，但我们时刻都要想着那些生活中还有难处的群众。我们要满腔热情做好民生工作，特别是要做好扶贫开发和基本生活保障工作，让农村贫困人口、城市困难群众等所有需要帮助的人们都能生活得到保障、心灵充满温暖。

2016年

2016 年是我国进入全面建成小康社会决胜阶段的开局之年。中共十八届五中全会明确了未来 5 年我国发展的方向。前景令人鼓舞、催人奋进，但幸福不会从天降。我们要树立必胜信念、继续埋头苦干，贯彻创新、协调、绿色、开放、共享的发展理念，着力推进结构性改革，着力推进改革开放，着力促进社会公平正义，着力营造政治上的绿水青山，为全面建成小康社会决胜阶段开好局、起好步。

2017年

新年之际，我最牵挂的还是困难群众，他们吃得怎么样、住得怎么样，能不能过好新年、过好春节。我也了解，部分群众在就业、子女教育、就医、住房等方面还面临一些困难，不断解决好这些问题是党和政府义不容辞的责任。全党全社会要继续关心和帮助贫困人口和有困难的群众，让改革发展成果惠及更多群众，让人民生活更加幸福美满。

2018年

各项民生事业加快发展，生态环境逐步改善，人民群众有了更多获得感、幸福感、安全感。我们朝着实现全面建成小康社会目标又迈进了一大步。

2019年

我始终惦记着困难群众。在四川凉山三河村，我看望了彝族村民吉好也求、节列俄阿木两家人。在山东济南三涧溪村，我和赵顺利一家围坐一起拉家常。在辽宁抚顺东华园社区，我到陈玉芳家里了解避险搬迁安置情况。在广东清远连樟村，我和贫困户陆奕和交谈脱贫之计。他们真诚朴实的面容至今浮现在我的脑海。新年之际，祝乡亲们的生活蒸蒸日上，越过越红火。

2020年

我们要万众一心加油干，越是艰险越向前，把短板补得再扎实一些，把基础打得再牢靠一些，坚决打赢脱贫攻坚战，如期实现现行标准下农村贫困人口全部脱贫、贫困县全部摘帽。

2021年

面对突如其来的新冠肺炎疫情，我们以人民至上、生命至上诠释了人间大爱，用众志成城、坚忍不拔书写了抗疫史诗。在共克时艰的日子里，有逆行出征的豪迈，有顽强不屈的坚守，有患难与共的担当，有英勇无畏的牺牲，有守望相助的感动。从白衣天使到人民子弟兵，从科研人员到社区工作者，从志愿者到工程建设者，从古稀老人到"90后""00后"青年一代，无数人以生命赴使命、用挚爱护苍生，将涓滴之力汇聚成磅礴伟力，构筑起守护生命的铜墙铁壁。一个个义无反顾的身影，一次次心手相连的接力，一幕幕感人至深的场景，生动展示了伟大抗疫精神。平凡铸就伟大，英雄来自人民。每个人都了不起！向所有不幸感染的病患者表示慰问！向所有平凡的英雄致敬！我为伟大的祖国和人民而骄傲，为自强不息的民族精神而自豪！

数读
SHU DU

2014年至2021年国家主席习近平
发表8次新年贺词

□ 贺词中出现

人民	群众	老百姓	幸福	小康	牵挂	希望
82次	19次	5次	9次	10次	3次	12次

美好	祝福	奋斗	改革	发展	脱贫	繁荣
12次	12次	16次	39次	39次	19次	7次

生活总是充满希望的，成功总是属于积极进取、不懈追求的人们。

——2014 年新年贺词

我要为我们伟大的人民点赞。

——2015 年新年贺词

只要坚持，梦想总是可以实现的。

——2016 年新年贺词

小康路上一个都不能掉队！

——2017 年新年贺词

幸福都是奋斗出来的。

——2018 年新年贺词

人民是我们执政的最大底气。

——2019 年新年贺词

万众一心加油干，越是艰险越向前。

——2020 年新年贺词

每个人都了不起！

——2021 年新年贺词

人民至上 1921 → 2021

关 键 词　改革、创新、示范

实地采访　广东省深圳市莲花山公园、罗湖区南湖街道渔民村、
深圳城市艺术与规划馆

莲花山下说幸福

提示
TI SHI
▽

2012 年 12 月 7 日，当选中共中央总书记刚刚 23 天的习近平来到深圳。考察期间，习近平总书记强调指出，我们将坚定不移推进改革开放，奋力推进改革开放和现代化建设取得新进展、实现新突破、迈上新台阶。

如今的深圳，发展日新月异。记者在莲花山公园、渔民村，还有"大潮起珠江——广东改革开放 40 周年展览"现场……深深感受到改革、创新的力量为这座城市以及这里的人民创造着美好的未来。

莲山春早

深圳莲花山公园，是登高望远、眺望深圳市中心区的最好去处，"莲山春早"是深圳八景之一。位于莲花山主峰的山顶广场中央，矗立着改革开放总设计师邓小平同志的塑像。

党的十八大以来，习近平总书记先后 3 次到深圳，一以贯之地向世界展示坚定不移推进改革开放的决心。

2012 年 12 月，习近平总书记在党的十八大后首次离京考察，第一站就是深圳。6 年后，恰逢改革开放 40 周年，2018 年 10 月，习近平总书记再次来到深圳。2020 年是深圳经济特区建立 40 周年，10 月 14 日，习近平

▲ 莲花山上，眺望深圳

总书记来到莲花山公园，向邓小平铜像敬献花篮。

　　记者在深圳的采访，便从莲花山公园开始。

　　3月8日，深圳，阳光明媚，莲花山公园里除了外地游客，大多是健身或者带着孩子来游玩的中老年人。几位衣着鲜艳的阿姨结伴游园，让我们帮忙拍照，欢乐的气氛从镜头里洋溢出来。他们来自天南地北，有湖南的、河南的，也有辽宁的，都是孩子们在深圳安了家，她们过来帮忙照顾孩子的。深圳好吗？微信名叫"白玉石"的阿姨说：城市很漂亮，我们的生活很幸福。她还充满自豪地补充了一句：深圳发展得好，也有我们的功劳，我们也是深圳的建设者！

　　采访当天是国际妇女节，巧遇福南社区在公园里组织"三八"节庆祝活动，我们的镜头里又多了许多幸福的笑脸。

看到我们举起了摄像机，社区党群服务中心工作人员一再说：多拍拍居民，不要拍我们，我们就是服务人员。几名工作人员也都是深圳的新移民，陈思睿说：青少年、党团员、老年人、企业白领都是我们服务的对象，我们是为民服务的"最后一公里"，做好这项工作，必须沉到底，从群众的实际需求出发。张倩说：深圳是个创新型城市，体现在方方面面，深圳是正在建设的中国特色社会主义先行示范区，深圳人都有一种先行先试的自觉。我在大学学的是行政管理，来深圳就是要把所学用到实践当中，为百姓造福。

渔村巨变

中午时分，与香港隔河相望的深圳罗湖区南湖街道渔民村里很安静。名为"村"，实为社区。社区党群服务中心的办公楼里，心理咨询室、法律咨询室、渔事商谈室等所有房间都敞开着，桌椅整洁，资料齐全，桌上摆着矿泉水和纸巾，随时迎候着居民的到来。有工作人员在培训教室里布置着下午的活动，有条不紊。

渔民村浓缩和见证了深圳经济特区从边陲小镇到现代化国际化创新型城市的发展传奇，可以说，它既是深圳的叙事起点，也是改革开放辉煌成就和深刻变迁的缩影。走过村史馆外350米长的文化长廊，墙壁上20块铜铸浮雕再现了渔村追求美好生活的记忆：

1949年以前，这里没有村，渔民们摇着舢板船，浮家泛宅，漂泊进深圳河，捕鱼捞虾，艰难度日。新中国成立后，政府安置渔民上岸定居，才有了渔民村。1979年，改革开放的春风带给渔民们前所未有的机遇，兴办工厂做来料加工，组建运输车队，向社会筹资用于生产，在短短两年内渔民村实现共同富裕。1981年，渔民村成为全国最早的万元户村，村里新盖了33栋两层小洋楼，一家一栋，成为全国劳动致富的典范。此后的40年里，渔民村人紧跟经济特区开发建设的步伐，在打鱼种田的基础上，跑运输、卖河沙、建工厂、做贸易、开酒楼，发展多种经营，在社会主义商品经济大潮中如鱼得水，大显身手。进入新世纪，渔民村确立了新的社区管理体制。富裕起来的渔民村，坚持全面协调可持续的发展观，鼓励支持村民们依法经营、勤劳致富，努力促进经济社会和人的全面发展。

2012年，习近平总书记来到渔民村考察，他鼓励村民用勤劳的双手创造更幸福的生活。渔民村牢记总书记的谆谆嘱托，积极探索股权改革和社区管理体制改革，加快转型发展。2019年，《粤港澳大湾区发展规划纲要》颁布实施，赋予深圳新的定位和重大发展机遇。渔民村再次扬帆起航。

挺立潮头

位于未来感十足的深圳当代艺术与城市规划馆四楼的"大潮起珠江——广东改革开放40周年展览"，从2018年11月1日开展以来，参观者不断，成为人们回顾改革开放40年历程和深圳发展成就的重要地点。

搪瓷杯、连环画、缝纫机……穿过序厅往前直走，仿佛穿越到了20世纪80年代，勾起了参观者的童年回忆。中英街，"时间就是金钱，效率就是生命"的标语牌，更让人想起了40年前国人向往的挺立潮头的深圳。当然，还有一幅幅色彩更加鲜艳和清晰的图片，记录着广东牢记习近平总书记嘱托，改革开放再出发的新成绩：粤港澳大湾区2017年经济总量达10万亿元，是我国开放程度最高、经济活力最强的区域之一；港珠澳大桥总长55公里，是目前世界最长跨海大桥；2015年启动建设的广东自贸区，2021年前三季度实际利用外资已达到45.7亿美元……

◀ 记者张昕（右一）与受访者交流

展馆里，遇到了幸福的一家人——老两口加上儿子儿媳、女儿女婿。83岁的老母亲由儿子用轮椅推着，89岁的老父亲拄着拐杖，由女儿搀扶着。他们来自延安，老人叫任志江，是一位参加过抗美援朝的老兵。女儿说，每年都要带着父母亲外出旅游，父亲是老党员，关心国家大事，最想去的地方不是风景名胜，大都是红色遗址。2019年的时候，他们到过东北，老人在沈阳的"九·一八"历史博物馆里参观了很长时间。"昨天去了莲花山，为了瞻仰邓小平塑像，那么多级台阶，他都走上去了。"

我们问老人：2021年是建党百年，您怎么评价这100年的历史？老人说：中国的发展，全靠共产党的领导、人民的拥护，这是最根本的。人民为什么拥护共产党？因为共产党是为人民服务的。"我每天都要读报纸、看杂志，认真学习总书记的讲话，他的每一篇文章里都离不开'人民'两个字。"

行记
XING JI

深圳的烟火气

上一次去深圳，是在15年前。那时的深圳，给人的印象是时尚、现代、高效，但同时又有些冷清，不是人少，而是"闲人"少。工作日里，街道上车多，但人并不多；上下班高峰时段，满眼看到的都是年轻人，每个人都行色匆匆。这座伴随着改革开放成长起来的城市很年轻，有朝气，但略微少了些烟火气。

而这一次再去深圳，最大的不同就是老年人多了起来。那些在改革开放之初来到深圳闯荡的创业者，都过了知天命之年，很多已经退休。后来这些年逐渐来到深圳的年轻人也都陆续扎下了根，结婚、生子，然后把父母接过来，老人帮忙照顾孩子，自己也有了安享晚年之所。所以，在公园里、街道上，经常看到带小孩子的中老年人。而在那些文创产业园区里，有各种戏剧演出和展览的信息，很多下了班的年轻人在逛街、吃饭、聊天，享受着惬意的休闲时光。

采访之余，有时间去看了一位老朋友，她是 20 年前来到深圳创业的。上一次与她见面，她的话题里只有工作、机会，顶多再聊聊远在家乡的父母。而这一次，她给我展示了 2020 年疫情期间在网上学国画的成果，以及她刚刚报的书法班的课程表。

朋友说：深圳一直在变化，日新月异。是的，深圳改革开放的脚步从来没有停过。进入新时代，作为正在建设的中国特色社会主义先行示范区，越来越有烟火气的深圳把目光盯在了社会治理现代化上。仍有越来越多的人来到深圳参观学习，深圳可以提供的经验不只是经济制度的改革和创新，还有社会治理的服务化、精细化、人性化。

老人、孩子、家，设施完善、服务精细的社会，丰富的文化娱乐和休闲生活，让这座城市更有温度。

永远立在潮头的深圳让我们看到了未来中国更加美好的样子。

扫码参观
渔民村文化长廊

关键词　基层干部，服务群众

实地采访　河南省开封市尉氏县张市镇

张市镇这间指挥室不简单

提示
TI SHI
▽

2014年5月9日，习近平总书记到河南尉氏县张市镇调研。同基层干部群众座谈时，习近平总书记说，开展群众路线教育实践活动，就是心中要有群众、眼里要有群众，想群众之所想，急群众之所急。

如今，张市镇建起"一中心四平台"，推动工作重心和工作重点不断下移，打通了服务群众的"最后一米"。

打通服务群众的"最后一米"

2014年，习近平总书记在张市镇同基层干部群众座谈时强调，乡镇要从实际出发，把改进作风和增强党性结合起来，把为群众办实事和提高群众工作能力结合起来，把抓发展和抓党建结合起来，以实实在在的成效取信于民。以总书记的讲话精神为引领，近年来，张市镇采取一系列措施推动干部作风转变。

3月9日，记者来到张市镇镇政府采访。镇党委书记娄士强首先将记者带到了一间指挥室。"这间指挥室不算大，作用可不小。"娄士强说，"我们以它为抓手，推进工作改革，改进干部作风，更好地服务群众。"娄士强所说的指挥室，全称是社会治理综合指挥室。

▲ 张市镇社会治理综合指挥室

张市镇"一中心四平台"的工作主要在社会治理综合指挥室里展开。"一中心四平台",即综治中心、社会治安平台、市场监管平台、综合执法平台和便民服务平台。张市镇一中心四平台办公室主任赵志光介绍说,"一中心四平台"将党的建设、脱贫攻坚、行政执法、环境保护等各项中心工作融为一体,实现任务发布、落实反馈、督导通报、考核奖惩功能,推动工作重心和工作重点不断下移,打通了服务群众的"最后一米"。

"一中心四平台"可以直接展现各村各项工作的落实情况。赵志光调取资料向记者介绍说:"现在看到的就是各村户容户貌整改工作。指挥室根据

▼ 张市镇社会治理综合指挥室

标准逐户审核建立台账，对于整改不合格的，立即提出限时整改要求。工作效率得到了极大提升。"张市镇还利用"一中心四平台"进行"菜单式"考核：日办结、周通报、月总结、季点评；公开积分细节，对扣分进行详细记录；形成分析报告，对干部的分数及本季度工作情况进行逐人、逐分点评；提拔干部、发展党员都依据考核结果开展。同时，建立全域三级化网格体系，乡镇干部全员下沉。

能让乡亲们满意不容易

现任张市镇冯岗村党支部书记的黄亚娜当年就是一名网格员。

2019年张市镇招录第一批网格员，黄亚娜经村委推荐顺利考录，2020年3月正式上岗。她的主要工作是将每家每户的地址、基本人员信息录入数据库。

作为新嫁到冯岗村的外来媳妇，很多村民对黄亚娜并不熟悉。因此，她上门走访，常会遇到村民的质疑，"你是谁家的？上我家来问啥？"黄亚娜耐心地自我介绍，一遍又一遍，一家又一家。112户常住人口，556口人，一户户走，一点点问，原本需要半个月才能完成的录入工作，她用了5天就提前完成了任务。也是从那时起，冯岗村家家户户都知道村里来了个新媳妇，是个不怕苦、不怕累的网格员。

▲ 张市镇冯岗村党支部书记黄亚娜

2020年4月，黄亚娜调到镇政府"一中心四平台"指挥室工作。"镇上为了提高党员干部的工作效率，每周仅开一次通报会。各项工作安排由指挥室把控可执行度，确定可行后，通过平台发布。"黄亚娜说，这样的工作方式让基层党员干部目标更明确。

| 扫码参观 |
张市镇冯岗村
支部书记黄亚娜采访

2020 年 6 月，黄亚娜被选为冯岗村党支部书记兼村委会主任。她也是冯岗村历史上首位女性党支部书记兼村委会主任。农村党员干部面对的大多是小事琐事，能让群众满意不容易。"乡亲们选我做村支书，我压力挺大的。"黄亚娜说，"一定要做实事，把事做好了，大家自然会认可。"

为 99 户居民办理天然气入户；维修 40 多处自来水设施；架起 102 盏路灯……黄亚娜当选后做的一件件实事，村民们看在眼里，记在心里，他们笑着说黄亚娜是冯岗村的"保姆"。谁家的自来水坏了，谁家的井里没水了，都要去找黄书记。黄书记不仅是村里的好媳妇，更是能给大家解决燃眉之急的好干部。

干好老百姓关心的事

打开尉氏县纪律检查委员会开通的"清风尉氏"微信公众号，在"互联网＋监督"栏目里，不仅能够知道村干部有啥权力、事情该怎么办，还可以了解国家的各项补贴、民生政策和村级收支等内容。黄亚娜说："村民和在外务工人员都会关注这个公众号，村里还建了微信群，为乡亲们提供公众号操作的定期培训。可以说，我们的每项工作都在老百姓的监督之下。"

黄亚娜坦言："对村干部来说，肯定是有压力。但同时，也会帮助我们更好地开展工作。老百姓给政府打分，也给我们打分，分数是一种鞭策，

▲ 冯岗村内的雕塑

更是一种鼓励。如果能够拿到高分，那也代表老百姓认可我们的工作。"大学毕业后，没有选择留在大城市，而是踏进了乡村的泥土里，黄亚娜就是想踏踏实实、扎扎实实地干一番事业。

把青春献给祖国的最基层，不管是头上灯、脚下路、田中井还是门前树，只要是乡亲们关心的事就是大事。"让老百姓真正享受到党和政府给予的扶持政策。"黄亚娜时常学习习近平总书记在张市镇召开座谈会时的重要讲话，"总书记说，老百姓看干部就看实在不实在，老百姓就怕空洞无物、不干实事。这也是我在基层工作的真实感受。老百姓要的就是实实在在的东西，'实在'两个字就是基层工作的灵魂所在。"

采访结束时，黄亚娜送记者到村口，傍晚的余晖洒落在柏油马路两侧嫩绿色的麦田上。远远望去，崭新的路灯错落有致，与一座座院落遥相呼应。

冯岗村，真美。

决心与担当

"端稳中国碗，装满中国粮"。这是记者走进张市镇看到的标语。到张市镇采访时正是早春时节，道路两侧的树木还没有抽芽，一望无际的高标准麦田却已覆盖了一层翠绿。淡黄色的花朵在麦田中央描绘出党徽的形状，后方"藏粮于地、藏粮于技"的鲜红字体与之交相辉映。这一个个符号代表着张市人创造美好生活的决心与担当。

近年来，张市镇坚持富民强镇发展战略，提出"一个重心两条线"的工作方法，着力为群众办实事、解难事、做好事。加强高标准粮田建设就是其中一项重要工作。

保障粮食生产安全、打造 7.8 万亩耕地建设、建成万亩高标准农田高效节水灌溉示范区、推广 5G+ 智慧农业……这都是张市镇政府、党员干部为人民做的实事、做的好事、做的大事。除了小麦田，张市镇还大力发展其他品种农产品种植，进一步壮大村集体经济，为推动乡村振兴提供强有力的产业支撑。

张市镇党委书记娄士强表示，"张市镇坚持党建引领产业发展推动各行政村集体经济建设，大力发展边岗村大棚西瓜种植基地、尹庄村芦笋种植基地、'高庄村芦笋＋大蒜种植基地'、郭家村万亩大桃种植基地、沈家村优质小麦种植基地和南北谢村陆地西瓜间作套种等特色种植产业，形成以'党支部＋合作社（基地）＋贫困户'利润分成的发展格局，促进贫困户增收致富，有效促进了乡村振兴的健康快速发展。"

高产田前有一座立交桥，环形的桥两侧均匀摆放着各种关于粮田的科普展板，站在桥上俯瞰这万亩粮田，我仿佛已经看到了那麦浪翻滚的美丽景象。我相信，2021年定是一个丰收年。

关 键 词 共建共享，改善民生

实地采访 浙江省舟山市定海区新建村

新建村让人来了不想走

提示

TI SHI

▽

2015 年 5 月 25 日，习近平总书记到浙江舟山定海区新建社区调研，坐在村民袁其忠开办的农家乐庭院里，同村民们促膝交谈。习近平总书记说，金杯银杯不如老百姓的口碑。人民群众对美好生活的追求就是我们党的奋斗目标。

近年来，新建村（原新建社区）围绕"乡村＋田园＋生态＋文化"的发展方向，让农业变成景观、农居成为景点。记者在村里看到，这里处处成景、步步皆画，村民生活美满富足。

忙碌的袁家姐妹

3 月 8 日至 9 日，在新建村采访的两天时间里，记者常常听到村民们回忆习近平总书记来考察调研时的情景。总书记对村民们说，这里是一个天然大氧吧，是"美丽经济"，印证了绿水青山就是金山银山的道理。

这几年，新建村坚持"绿水青山就是金山银山"的发展理念，发展生态休闲旅游经济、丰富"文化旅游"内涵，着力建设美丽乡村，老百姓的日子越过越红火。

习近平总书记来考察时，曾经到过农家乐庭院"画春园"，为此，每天

▲ 袁婵娟

▲ 袁燕平

都有大批游客慕名而来。经营"画春园"的袁家几个姐妹忙得开心、忙得幸福。

"大姐，晚上要来6桌客人。"袁燕平刚放下电话，就迫不及待地把这条预订消息转告给大姐袁婵娟。"好嘞，知道了。"大姐袁婵娟从厨房里转出来，抹了抹手，开始盘算着晚上的菜谱，"清炒时蔬、红烧芋艿、盐焗鲜虾……游客出来玩，肯定是想尝尝地道的农家菜。"袁婵娟一边盘算菜谱，一边向记者介绍着，农家乐是其父亲袁其忠开办的，后来父亲一个人忙不过来，她们姐妹几个就不再外出务工，都来帮忙照看。

"院子里有供客人观景的凉亭，有让小朋友体验阅读乐趣的书屋，还有一片菜地，平时种几样蔬菜，让客人们既吃得安心，又能尝到田园风味。"二姐袁燕平带着记者一路参观，虽然是农村小店，但包间、空调、抽水马桶等设施一应俱全。

"室内室外加起来能摆20来桌，到了旺季常常宾客爆满，忙不过来时，还得请几个村民来帮忙。"袁燕平说，"我们不仅做农家菜，还代卖土特产。一年下来，纯收入能有上百万元，遇上旺季，一个月能赚20多万元。""生意好的不光我们一家。"袁婵娟接过话茬，"村里已经开办了40多家农家乐，规模有大有小，但都有各自的特色。现在，村里的生态环境越来越好，引来的游客越来越多，我们的生意也跟着水涨船高，日子真是越过越幸福。"袁婵娟刚说完，预订的海鲜就送到了，端起盆接满水，姐妹俩又开始忙碌起来。

满目皆是风景

家乡的蓬勃发展带动了村民自主创业的热情，还吸引了不少在外打拼的游子返乡创业，周国兴就是其中一员。

2016年9月，在外闯荡多年的周国兴选择了回乡创业，与传统农家乐不同，他开办的"燕归来"餐厅，主打咖啡、茶和简餐。

"店里的食材都是经过精挑细选的，有时候我还会亲自去采摘一些水果和蔬菜。通过自己的创意制作，让游客们记住'燕归来'的味道。"周国兴说。

除了让游客记住"燕归来"的味道，还得让他们记住"燕归来"的美景。

为此，周国兴把院子装扮得格外别致：在木板上绘画，悬挂在入户走廊的墙壁上，让游客一进门就能感受到小院的文艺气息；把竹筒、废弃皮鞋做成花盆放在矮墙上，让一簇簇绿植向上生长；石头上绘满各色图案，簇拥在盆栽周围……在小院里慢慢踱步，如在诗中走、如在画中游，满目皆是风景。

"告别城市生活的繁华与喧嚣，在这远离纷扰的绿水青山中享受生活、创造财富，更能感受到人生的乐趣，日子也更加悠闲自在。"说起城市、乡

▼浙江省舟山市定海区新建村风景如画

村两种生活的不同，周国兴侃侃而谈，"这质朴纯粹的乡土生活，也正是许多游客前来探索游玩的初衷。过几天，我还打算改造一下庭院，准备几间屋子打造民宿，以'民宿＋私房菜'的概念，让游客住得好、吃得妙。"

其实，周国兴想要打造的民宿在新建村并不罕见。

"目前，全村已经完成了 30 多套民宿的改造并交付给专业的公司运营。"村党总支副书记芦海峰向记者介绍，"这些用来打造民宿的房间都是村民们空闲的房子，用这些房子做民宿，既能让游客体验原汁原味的生活气息，又能让村民的闲置资源变成资产。"

虽然是乡村民居，但设施却一应俱全。游客可以站在落地窗前欣赏乡村美景，也可以和三五好友围坐在沙发上叙谈夜话，既有现代化的住宿条件，又不失农家风格，让游客来了就想住、来了就能住。

山村艺术范儿

"刚开始做民宿，是为了接待大学生来村里写生。当时，村里在得知许多艺术院校有写生需求后，马上与他们取得了联系，并根据写生需求来为乡村置景。可以说，新建村旅游产业的第一桶金是由学生写生带来的。"芦海峰说，"如今，已有多所院校在村里建立了艺术实习采风基地，每年都有学生来我们这里体验生活、采风实习。"

为了提高农民的文化艺术修养，新建村还建立了南洞艺谷群众艺术创作中心，对村民进行渔民画、刻纸、手工布艺和石头画等方面的艺术培训。"村民们进行艺术创作，不仅可以丰富文化生活，作品还能当作纪念品来售卖，对老百姓而言，也是一项可观的收入。"芦海峰告诉记者，其实，他自己也创作了一幅渔民画，描绘的正是村民们春忙的景象。

近年来，新建村建设了集火车休闲广场、渔人码头、休闲仿古老街等项目于一体的南洞旅游文化景观区；积极推进游泳池、污水处理站、移动公厕等配套设施建设；还鼓励村民自主创业，并为这些村民提供申报手续、申领补贴、门店设计和宣传推广等方面的帮助。

在休闲旅游、文化采风等方面的带动下，新建村由一个名不见经传、依靠外出打工为主要收入来源的小山村，成功转型为村容村貌整洁美观、村民关系和谐稳定的富庶之地。"农家乐、民宿等旅游收入已经成为村民收入的重要来源。一些没办农家乐和民宿的村民，可以在村里当服务员，一个月也能增收不少。"芦海峰说。

产业的不断发展，让新建村的知名度逐渐提升。

2020年，全村接待游客35万人次，实现旅游收入2600万元，村民人均收入达4万余元。获得了全国先进基层党组织、全国文明村、AAAA级旅游景区、国家级美丽宜居示范村等荣誉称号。在首届联合国人居大会中，新建村被写入《净零碳乡村规划指南——以中国长三角地区为例》报告中。

采访结束离开新建村时，路过一座火车广场，长长的列车仿佛正载着村子向更加幸福美好的生活驶去。回首相望，这如画卷一般的山间小村已沉浸在暮色之中，记者收起心中的恋恋不舍继续前行，一路走着，一路想着：下次来时，还要住在这里。

行记
XING JI
▽

日子过成诗

新建村的每一处都透着诗一般的气息：赶鸭归来的爷爷戴着笠帽，手持一根长长的竹竿，在夕阳中留下一道颀长的影子；溪边浣衣的阿姨，双手将衣服拧紧，复又展开，在空气中甩出几道水滴；屋檐下闲坐的老奶奶，拐棍"歇"在一旁，猫儿睡在脚边……无须任何修饰，生活的每一瞬间都是一幅生动的田园画卷。

在村子里的南洞艺谷群众艺术创作中心，这样的画卷还有很多。一幅《春忙》，展示着播种时农民锄地、插秧的忙碌景象；一幅《老两口》，让夫妻二人门口闲谈的温馨画面跃然眼前，凑近看时，安闲舒适之感更为强烈。还有《渔归》《回娘家》……一幅幅色彩斑斓的风土人情画作，向

▲ 来新建村旅游的游客络绎不绝

游客展示着海岛小村的生动气息。更令人惊讶的是，村民不仅是画中人，也是作画人，展示的近百件艺术作品都出自村民之手。

在创作中心门口的宣传牌上，记者找到了新建村艺术氛围浓郁的答案。新建村从2009年开始和国内多家艺术院校开展合作，到2011年底，就已经有浙江工业大学宁波城市学院、西安美术学院等学校在村里建立了艺术实习采风基地。为了丰富村民文化生活，新建村于2012年创办南洞艺谷群众艺术创作中心，为村民提供艺术培训、创作交流、展览交易的场所。创作中心成立以来，多次向村民提供渔民画、刻纸、手工布艺、石头画等文化艺术的培训，在陶冶村民情操、提高村民艺术修养的同时，还能让拿惯锄头的村民在农闲时拿起画笔增加收入。如今村里已经培养了一支100余人的民间艺术团队。以这个创作团队为骨干，新建村还培育、发展乡土文化产业，成功开发了靠垫、魔方、坐盘、丝巾等文化旅游商品，在全国性展会上受到广泛关注。

环境催生创作灵感，生活赋予生动画面。新建人把日子过成诗，将生活绘成画，这一幅幅色彩鲜明、人物鲜活的艺术作品以热爱生活起笔，用物质富裕润色，因精神富足完成。

| 扫码参观 |
新建社区

 关 键 词　脱贫攻坚

 实地采访　江西省井冈山市

没有落下一个贫困群众

提示
TI SHI
▽

　　2016 年 2 月 2 日，习近平总书记来到江西井冈山神山村给乡亲们拜年。习近平总书记对乡亲们说，我们党是全心全意为人民服务的党，将继续大力支持老区发展，让乡亲们的日子越过越好。

　　江西省是著名的革命老区、全国脱贫攻坚主战场之一。2017 年 2 月 26 日，江西省井冈山市在全国率先脱贫"摘帽"。2021 年 4 月，本报联系到曾在贫困村蹲点采访的江西广播电视台电视新闻中心记者赵洪潭，请她讲述几段老区脱贫攻坚的故事。

老支书摘掉贫困卡

　　在老区脱贫的采访中，赵洪潭印象最深刻的 3 位采访对象，他们的身份甚至命运，因为脱贫攻坚这场宏大的战役而改写。

　　第一位叫彭水生，他是神山村的老支书。

　　其实，彭水生还有一个身份——蓝卡贫困户。彭水生退休之后生了一场重病，被村里评定为贫困户。本来，老支书准备搬离这座偏远的小山村，投靠儿女，但习近平总书记的到来，改变了他的想法和整个村庄的命运。

　　伴随神山村的出村道路由最初的一尺宽到一米宽，再到现在的四米多

▲ 井冈山市茅坪镇神山村

宽，游客们开始涌入这座大山深处的村庄。彭水生抓住机遇，开办了神山村第一家民宿，同时，作为井冈山脱贫攻坚的"活教材"，他还成为各大红色培训机构争相邀请的客座教授。

从贫困户变身为民宿主人，从农民变身为教授，老支书在古稀之年再就业，开启了人生的第二春。脱贫摘帽的消息传回神山村那天，整个村庄沸腾了，彭水生特意选在这一天，正式摘掉挂在家门口的贫困卡。

神山村坐落在井冈山深处、黄洋界脚下，受交通等基础设施的制约，贫穷一度成为神山村的标签。从前落后闭塞的小山村，只有 38 个老人和小孩守着 37 栋土坯房，如今在村里，能看到越来越多年轻的面孔。回乡创业的年轻人，开农家乐的，开民宿的，打糍粑的，各显神通。越来越多的利民举措，加上越来越多回村创业的神山村人，让神山村"神气"了起来。

村委会常住人口"普查"显示：2016 年 38 人、2017 年 73 人、2018 年

168 人、2019 年 176 人——4 年增加了 138 人。村里的土地经过流转，460 多亩种上了黄桃树、200 多亩种上了茶树。21 户贫困户都成了黄桃、茶叶合作社的"股东"，每年单是分红就有 3000 多元。5 米多宽的盘山公路修通了，路灯也亮了，井冈山上的旅游大巴，顺着宽阔的新路开进村里来了。

留守妇女变身"经纪人"

第二位叫高华萱，她家住在井冈山下的另一个贫困村——东村。2017 年 5 月，我作为扶贫记者，在东村蹲点一个月，高华萱是我的房东，我和她每天同吃同住同劳动。

高华萱的丈夫去了广州打工。几年前，她的一双儿女又去了北京、深圳打工，一家人天南地北分隔四地。

我问高华萱，这么多年，一个人守着家里的四亩八分地，寂寞吗？她说，没办法，以前在村里挣不到钱。好在这种情况很快就要结束了。

从高华萱随身携带的一个账本里，我意外发现，2016 年，高华萱和东村另外几名留守妇女，年收入都过了万元。岗位从蔬菜大棚基地、何首乌基地、肉鹅养殖基地，到挖自来水沟、搞卫生等新农村建设项目，五花八门。原来，近几年，东村和附近村庄都在开展产业扶贫，用工量大，高华萱人缘好、热心肠、消息灵通，不知不觉中，她成了村里的"劳务经纪人"，每天忙得不亦乐乎。像高华萱这样的新农民越来越多，多元化身份的背后，是农民就业机会越来越多，农村经济活力越来越强的见证，也是这些年东村产业精准扶贫带来的变化。

住在高华萱家里，每天早上七点多钟，我总能看到她带着村里的姐妹们，骑着摩托车去打零工。村里的邻居中既有种何首乌的家庭农场主，又有帮老百姓淘宝的村淘合伙人。依靠江西的产业扶贫，村民的钱袋子都渐渐鼓起来了。

蹲点结束要离开东村的时候，高华萱哭得稀里哗啦。我走了，高华萱又要继续一个人生活，但我知道，这样的日子不会太久，等她承包的何首乌基地采收，她的丈夫就会返乡，和她一起创业，共同开启热气腾腾的新生活。

不一般的电商CEO

第三位是曾北方。

曾北方是复旦大学经济学专业的高才生，2007年，一场重病导致他身体重度残疾，人生跌入谷底。

2015年，江西省赣州市宁都县为残疾人举办了一期免费的电商培训班，燃起了他重拾人生梦想的希望。曾北方召集同时参加培训的几位同学，组建残疾人电商创业团队，取名"励志园"。

团队成员中，有的高位截瘫，有的脑瘫，大部分说话很困难，但他们用脚当鼠标垫，用残缺的手设计页面，拄着拐去老表家收脐橙，坐在轮椅上推广土特产品，架构起一支组织系统完善的电商"正规军"。虽然身体是残缺的，但他们乐观向上的力量深深地震撼了我。

▲ 赵洪潭在农民家中采访

曾北方说，是电商给了像他一样的残疾人一双隐形的翅膀，让他们完成了轮椅上的逆袭。

现在曾北方和他的团队正在扩大队伍，招募更多的残疾人加入"励志园"，利用家乡的青山绿水，建果园、茶园、养殖基地，发展绿色产业。

如今，宁都电商创业园走出了许多像"励志园"这样的电商创业团队，带动当地相关产业和电商经济的蓬勃发展，为大众创业带来了良好的示范效应，更为就业障碍型群体开拓出一条新出路。

行记
XING JI

井冈山记忆

2016年初春，我们曾登上了井冈山。是在天黑的时候上山的，车从一条条隧道驶过，道路两侧写着"井冈山"三个大字的灯牌越来越清晰，路逐渐亮起来。

这次采访后，再提到井冈山，脑海里不仅仅是写在书本里的"中国革命的摇篮""革命圣地"的简单字句，还有作为背景音乐的《映山红》，有登上黄洋界的每一名游客朗读《西江月·井冈山》时崇敬的表情，有清脆多汁的好吃青菜，有热情好客的井冈山老乡介绍家乡时自豪的样子。

还有毛秉华。他是我们到井冈山后采访的第一人，也是研究和宣传井冈山精神的第一人，那一年他87岁。

自1968年担任井冈山革命博物馆馆长后，毛秉华一心扑在井冈山斗争史料的收集上。离休后，他只身跑遍了湘赣两省边界各县的农村，还到赣南、闽西、广州、北京、长沙等地拜访了几十位老红军和红军后代，掌握了大量珍贵的第一手资料。同时，在全国各地义务宣讲井冈山精神。在将近半个世纪的时间里，他的宣讲报告达1.5万余场之多，听众累计达220万人次，从不收取讲课费用和任何礼品。他的离休工资和稿费，除了用于义务宣传所需，还先后向汶川、玉树、舟曲等地震灾区捐款8000余元，助力神山村脱贫攻坚捐款 10 万元，上交特殊党费和设立公益事业基金共 5.1 万元，他被老百姓称为井冈山上的"活雷锋"。

采访中，毛秉华说：到全国各地宣讲，总会有人问我，红军还有吗？他们在哪里？井冈山精神还有用吗？我在山东、旅顺口甚至远在香港的驻港部队中都发现了当年井冈山时期的红军连队留下的光荣称号。继承光荣的这些连队现在也都很优秀，他们不仅继承了称号，更继承了红军的优良传统，井冈山的红色基因今天仍然在起作用。

再次听到毛老的名字，是在央视的新闻联播中，2018 年 7 月 23 日，井冈山精神宣讲第一人毛秉华因病逝世，享年 90 岁。而在此前的 2017 年 2 月 26 日，江西省井冈山市在全国率先脱贫"摘帽"。

井冈山，有红色的历史，有美好的今天，有一代又一代接续奋斗的井冈山精神传承人。

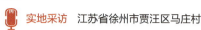
看见香包就会想到马庄

提示
TI SHI
▽

2017 年 12 月 12 日，习近平总书记到江苏徐州马庄村考察。在村里的香包制作室，习近平总书记欣赏了村民制作的各式香包，并自己花钱买下一个，笑着说"我也要捧捧场"。

如今，马庄村的香包产业越做越大，百姓生活蒸蒸日上，获得感、幸福感、安全感得到了极大提升。

小香包大产业

3 月 17 日，记者乘车从潘安水镇出发，前往马庄村。一路上随处可见"香包风情小镇"的指示牌，香包俨然是马庄村最亮眼的一枚标签。

"香包是马庄的支柱产业。"马庄村党委书记毛飞告诉记者，"2017 年 12 月 12 日，习近平总书记来村里考察，其间来到我们的香包制作室，还买了香包给我们'捧场'，这对我们是莫大的鼓励。在总书记的关怀下，村里大力发展香包产业，建了集设计、制作、展示、销售于一体的香包文化大院。2020 年村集体收入 500 多万元，其中香包就有 300 多万元。"

王秀英是国家级非物质文化遗产项目"徐州香包"代表性传承人，最初就是她教会了村民缝香包。记者见到她时，她正和五六名年轻妇女围坐

上　王秀英是国家级非物质文化遗产项目"徐州香包"代表性传承人

下　王秀英介绍香包

在一起缝香包。店里游客来往不断，一名游客过来和王秀英合影，"两年啦。"他笑着说，原来两年前他就来过，"这次过来玩又带了香包回去，大家都很喜欢。"

说起习近平总书记对马庄香包的"捧场"，王秀英依然心情激动。她说："总书记在香包室看了我们制作的香包，我告诉总书记，我的中药香包很好卖，每年净收入20多万元，总书记夸我手艺好并自己花钱买下一个，还笑着说'我也要捧捧场'。"王秀英表示，这个场景她一直记得，这也是自己带领村民把香包产业做好的动力。香包产业解决了村里300多人的就业问题，也让村民的生活更有乐趣和奔头儿。毛飞表示，接下来要将香包打造成马庄村的IP，让游客看到香包就会想到马庄，让更多的人买香包，为马庄捧场。

小香包丰富了马庄人的精神生活，马庄乐团、金马之声广播等也是村民生活的调味剂。"1988年，我们提出'文化立村'，成立了苏北第一支农民铜管乐团。现在证明我们当时的选择是对的。"马庄村党委原书记孟庆喜说，"在最困难时我们依旧坚持排练，大家的精气神一直很好。"

如今，村里建起了可容纳近300人的民俗表演艺术大厅，乐团已推向市场，为村集体增收的同时积极发挥自身作用，排练老百姓喜闻乐见的节目，宣传党的方针政策。《协商议事促振兴》是乐团最近排练的快板节目，朗朗上口的快板词配上乐团"接地气"的风格，真正做到了让政策入脑入心，让百姓"知根知底"。

围绕生态做文章

干净、整洁，路面上除了偶尔出现的树叶，再无他物，街边的建筑整齐划一又不失苏北风格，这便是马庄村的下辖村——真旺村。毛飞介绍，近两年，村庄的村容村貌整治全面升级，硬化了大街小巷的路面，粉刷了房屋的外立面，雨污水管网也全部敷设完成，村子越来越美了，百姓住着越来越舒坦，获得感、幸福感、安全感一下子提升了。

一路上，记者发现基本上家家门口都有一个小花园，"这是统一修建的吗？"面对记者的疑问，毛飞解释"每个村民家门口我们都给修上了园子，我们称之为'一宅变三园'，花园、菜园和果园。公共区域花园种植花草，百姓门前的自己进行打理，可以种蔬菜、水果，既丰富了'菜篮子'，也美化了村庄，你看这是不是有一种田园风？"顺着毛飞手指的方向记者望去，小花园、小长廊，小桥流水，确有一种行走于田园之感。

　　村容村貌的整治让村民生活得更加舒适了，同时也为马庄村带来了生态上的改变。"只有恢复绿水青山，才能使绿水青山变成金山银山"。曾经历两次转型的马庄村对这句话深有体会，第一次转型，马庄村关停煤矿发展地面工业；第二次转型，马庄村将所有工业项目搬迁至工业园区。

　　"现在我们也仍在不断推进生态治理工作，进行'厕所革命'，修建污水处理终端等，留住我们的绿水青山"。

　　那怎么将绿水青山变为金山银山呢？对于这个问题，马庄村也有了自己的答案——发展生态旅游。

　　"生态旅游是我们现在的发展方向，要把文旅与农旅深度融合。"毛飞举了个例子，"以我们马庄的玉米地为例，怎么能增加它的附加值呢？就得在种粮食的同时种'风景'，把玉米地种出迷宫、稻田画等图案，在保留传统种植模式的同时，吸引更多的游客，为村集体增收。"

　　不仅着眼开发，马庄村也紧盯商机。从潘安湖水镇到马庄村的路上，记者看到很多在建楼盘，马庄村便瞄准这个机会成立了农业种植合作社。"楼盘完成后一定需要绿化，我们合作社就种植苗圃、草坪等绿化设施，不仅可以对外出售，也可用于村子内部的绿化，目前已有很多村民入股。"毛飞说。围绕着生态，马庄村还在做更多的功课，依托潘安湖湿地公园规划精品旅游路线，打造田园综合体，继续发展民宿……

　　一路上，记者不时遇到来采风的游客。就像这个自然村的名字一样——"真旺"，相信这些围绕生态做出的努力也定会为村子带来更旺的人气，让更多人来捧场。

"一对一"专属服务

"我们家怎么停水啦？"

"我这儿燃气好像不太好用了！"

"您别急，我们马上帮您解决。"

……

这是马庄村"文化马庄人"微信群里的日常聊天内容。

"我们建这个群的目的就是为了更好地服务百姓。"毛飞介绍，为了更快地解决百姓的生活难题，马庄村成立了8个办公室，办公室的负责人都在群里，"对于老百姓反映的问题，用我们本地话说就是'谁的孩子谁抱走，谁负责的问题谁解决'。能立刻处理的就立刻处理，需要时间协调的，也要及时给老百姓答复。"

大事不出村，小事不出组，急事不过夜，本着这样的原则，马庄村从细微处着手，让百姓几乎享受着"一对一"的专属服务。

而幸福还不止体现在这一件事儿上。家门口就能赚钱，也是马庄村村民的专属福利。

梁晴几年前嫁到马庄村，她婚后的重心放在了家庭上。随着香包销售愈加火爆，其需求量也逐渐增加，香包文化大院建成后，梁晴也加入制作香包的队伍中。

"现在缝香包一个月的收入有3000多元，主要是很方便，就在家门口嘛，也不耽误我接送孩子、照顾家里。"梁晴说，村里像她一样的人有很多，而且香包是按件计费的，拿原材料回家缝制也可以，又为百姓增添了方便。

村委会对面的一条街上，开着一些小店铺，卖小吃、奶茶和当地特产。蔡娇是其中"真棒奶茶"的店主。

"2020年我和朋友一起开了这家奶茶店，当初租这个店面就是觉得马庄村以后的发展肯定不错。"蔡娇说，"虽然生意2020年受疫情影响不太好，但从2021年大年初一开始，生意就火起来了，从初一到正月十五，像拉歌比赛、篮球比赛啊，马庄村大大小小的活动举办了不少，游客也来了很多，尤其是元宵灯会那天，我这店里都站满了人。"

在和蔡娇聊天的过程中，记者不断听到微信到账的提示音，不禁发问，"现在店里一个月大概挣多少？""一万元左右吧。"蔡娇回答。说起下一步的打算，蔡娇没有犹豫，"想开一个小分店，再增加一些小吃，相信等马庄文化大集做好了，会有更多游客，自己的生意也会越来越好，嗯，努力努力会更好的。"蔡娇重复了一下，自己点点头。

马庄村的百姓都在为自己的幸福努力奋斗着，这股干劲儿正源于习近平总书记的亲切关怀和殷殷嘱托。

走出马庄村，夕阳下，村口的"金马"雕塑闪着光，昂首奔腾的姿态，正像是马庄村蒸蒸日上的模样。

行记
XING JI

三十多年的坚持

走进马庄村的村委会大院，第一眼便看到"不忘初心、牢记使命"的红色大字。每月 1 日的早晨，村里的全部党员和部分村民都会在这 8 个字的"注视"下，在庄严的国歌声中，完成升旗仪式。从 1989 年至今，不知不觉中升旗仪式已坚持了 32 年。升旗仪式不仅提高了马庄村的凝聚力，而且增强了村民的爱国意识。大家都说，"参加升旗仪式，心情特别好，精气神是真的不一样了！"

升旗仪式上的国歌由马庄农民乐团现场演奏。这支农民乐团成立于 1988 年，33 年来，乐团进学校、进部队、进城市，也曾走出国门，向世界唱响马庄。33 年来，乐团不断探索，丰富演出形式，管弦乐、歌舞、快板样样精通。乐团还将党的方针政策编排成文艺节目，向广大村民宣传。近些年，乐团也面向社会提供演出服务，为村集体增收，让村民既富了口袋又富了脑袋。

采访间隙恰逢中午，记者站在文化大礼堂的二楼眺望。突然，耳边响起了广播声。原来，马庄村的"金马之声"开始广播了。从1986年至今，"金马之声"每天早中晚播出，陪伴马庄村百姓走过了35个春夏秋冬。这个小小的广播节目，起到了引导、宣传、凝聚群众的作用。饭前饭后听听"金马之声"，已经成为村民生活中不可或缺的一部分。

30多年的坚守，凝结成马庄村不断前行的动力。如今的马庄村，每位村民的脸上都绽放着幸福的笑容，他们总是说，"马庄越来越好了，我们的日子也越来越好了。"

看着整洁的马路，来来往往的人们，未来的马庄村又会发生什么变化呢？记者充满期待。

▶ 马庄村村口矗立的"金马"雕塑
象征着这座村庄的强劲发展之势

东华园的幸福时光

提示
TI SHI

2018年9月28日，习近平总书记来到辽宁抚顺东华园社区，实地了解抚顺市采煤沉陷区避险搬迁安置情况。总书记和居民们围坐在一起唠家常，关切询问住房改善情况如何、退休金和社保能不能按时领取、看病方便不方便。听到居民们说搬进新社区后生活质量提高了一大截，总书记十分高兴。

如今的东华园社区，高楼林立，景色宜人，居民们的社区生活多姿多彩，每个人的脸上都洋溢着自豪和幸福。

不愁了

东华园社区是辽宁省抚顺市采煤沉陷避险搬迁安置小区，始建于2013年，2016年10月交付使用。2018年9月28日，习近平总书记对居民们的生活情况十分关心，来到东华园社区实地了解抚顺采煤沉陷区避险安置情况。

4月1日，记者来到东华园社区，首先采访的是居民陈玉芳。"总书记到我家来，非常关心我们的衣食住行，也问我能不能按时领到工资，房子面积多大，等等。"习近平总书记的每一句话都深深印在陈玉芳的脑海里。

习近平总书记的温暖话语，让东华园社区全体居民深深感受到党的关怀。这几年，东华园社区的硬环境和软环境不断提升。东华园社区党委书记王迪峰说，在总书记的亲切关怀下，政府、社区工作者、居民都在为"住得更舒服、过得更幸福"共同努力着。

2017年3月，陈玉芳一家告别住了将近40年的"老破小"，和5000多户沉陷区居民一起，住进了东华园。"得知政府要给采煤沉陷区的居民搬迁的消息，大家甭提多高兴了，好多人跟我一样，兴奋得几天都没睡好觉。"陈玉芳告诉记者，住上这94平方米的电梯房，她家只花了4万多元。

从采煤沉陷区的危房，到花园小区的两室两厅一卫，陈玉芳的晚年生活跟以前大有不同，"以前总为房子这儿漏那儿漏发愁，现在不愁了。就算房子遇到小问题，只要给物业打个电话，马上就有人来维修。"陈玉芳说，她现在的生活，安稳又有规律，"早上先去健身广场打太极拳，回来再送外孙上幼儿园，上午收拾屋、看电视，下午去买菜，晚上再出去跳会儿健身舞。"

▼ 东华园社区是辽宁省抚顺市采煤沉陷避险搬迁安置小区

"萤火虫"

作为浑河支流的鲍家河贯穿园区，将东华园自然分为东区和西区。

许多居民在楼下或晒太阳，或散步，或三五成群聊家常。一支身穿红马甲的志愿者小分队，正沿着小区道路巡逻。记者上前一打听，原来这就是东华园社区的"萤火虫"学雷锋志愿者服务团队。

队长刘玉艳告诉记者，团队的志愿者每天上午都会绕东区和西区巡逻一圈，如果发现小区有设施损坏，会立即反映给物业，物业会马上处理。"前段时间，巡逻中还及时发现了一位突发心脏疾病的居民。"王迪峰告诉记者。

"当时，第四巡逻小组在西区巡逻，发现一位 50 多岁的中年妇女躺在休息凳上。见有人走来，她摆手示意，说了'救心丹'三个字后，就闭上了双眼。"刘玉艳回忆，当时情况十分紧急，我们联系家属、拨打 120，帮助这位居民化险为夷。

"萤火虫"虽然微小，但不渺小。

刘玉艳说："别看我们这支志愿服务队的队员仅有 40 余人，可是每个人都有'绝技'，除了巡逻，我们还帮居民磨刀、磨剪子、理发等。"就在刘玉艳向记者介绍他们的志愿服务情况时，过来两位耄耋老人，他们主动

▲ 东华园社区的"萤火虫"学雷锋志愿者服务团队

跟队员们说："电视新闻上说你们获奖了，祝贺啊！你们还得再接再厉，不能骄傲啊！"

原来，在中宣部、中央文明办公布的 2020 年度全国学雷锋志愿服务"四个 100"先进典型名单里，抚顺市顺城区前甸镇东华园社区当选"最美志愿服务社区"。

老年食堂

东华园社区的智能居家养老服务指挥中心中设有老年食堂，临近中午，到食堂就餐的老人多了起来。记者看到，食堂提供的餐食价格很实惠，两荤两素 10 元钱。

王迪峰介绍："东华园社区老年人多，差不多每户有 1 位老人。为解决他们的养老问题，社区与企业合作建立了社区智能居家养老服务指挥中心，食堂是其中一个服务项目。除了到食堂就餐，腿脚不便的老人可以在家叫餐，食堂会送餐到户。"

党的十九大报告中提出的病有所医、老有所养、住有所居等目标，在东华园社区皆已实现。"这个养老服务中心，原来是社区的办公场地，面积400 多平方米，现在专门服务社区居民。"王迪峰补充说，"中心里还有超市、助医室、理疗室、棋牌室等便民设施。"

记者在智能居家养老服务指挥中心了解到，社区为每位老人配置了呼叫器，老人只要呼叫，中心内的大屏幕就会显示老人所在位置和服务内容。除了智能居家养老服务指挥中心，东华园社区卫生服务站也为居民健康保驾护航发挥了积极作用。

社区"第一书记"侯一凡介绍："卫生服务站麻雀虽小，五脏俱全。理疗室、全科诊室、处置室等一应俱全，并且与市中心医院、区人民医院建立了医联体，实现线上互联互通、远程会诊，极大方便了辖区居民就医问诊。"

老百姓的盼望

采访期间，记者巧遇战斗英雄安业民的堂弟安业兴。

93 岁高龄的安业兴，参加过抗美援朝战争，在战场上是文艺兵，后来转业到抚顺市第二纺织厂工作。他告诉记者："自从搬到东华园社区，我又捡起了老本行，有时候跟大伙儿排练文艺节目，偶尔还自编自导几个节目。"

正聊着，舞蹈队的部分队员凑到安业兴身旁，七嘴八舌讨论起接下来要排练的节目。"啥叫幸福？每个人生活有乐趣、有奔头，这就是幸福！党的好政策让大家过上了幸福的好日子。"安业兴道出了东华园居民共同的心声。如今的东华园社区变得更美、更好，这样的安居之所，正是老百姓所盼望的。

行记
XING JI

演出季

为庆祝建党百年，东华园社区策划编排了多场主题晚会。

"本来计划只搞一场晚会，但咱们东华园社区能歌善舞的居民太多了。"王迪峰说，为了让大伙儿都能参与进来，共同庆祝我们党的百年华诞，晚会"升级"成"演出季"。社区先举行几场由居民自发编排的晚会，7 月 1 日社区组织的大型晚会压轴登场。

在东华园社区，活跃着民乐队、民族舞队、秧歌队等多支民间演出团队，"为了办好演出活动，我们从 4 月就开始准备了。"东华园东区民乐队队长赵玉静说，"我们很早就开始策划了，大家都想好好举办一场民乐专场演出。"

除了民乐队，西区民族舞队也举办了专场演出。对于居民们的热情，王迪峰说："社区大力支持，所以确定了'演出季'的计划。"

接连上演的晚会，让这里的居民大饱眼福，"我们都非常喜欢这样的文艺活动，希望多多举办！"每一个节目结束后，场下的居民都为演员们

▲ 社区里的景观石上刻着"感恩"二字

精湛的表演、用心用情的真诚报以热烈的掌声。

"看见台下观众对节目如此喜欢，我们这些演员特别开心。"西区民族舞队队长张静说，"等到'十一'的时候，我们民族舞队还会再为居民演一场。"

"演出季"的压轴大戏还未正式上演，东华园的居民这两天就像盼春晚一样，盼着这场压轴晚会的上演。"最近几天，社区居民群里总有人问，演出定哪天了？有啥新颖的节目没？看来，居民对演出十分期待！"王迪峰说。

参加诗朗诵的居民陈玉芳告诉记者，"我天天在家苦练，但从几次小规模的联排看，自己还是有点小紧张，希望正式演出的时候，能把自己最好的状态发挥出来。"

王迪峰认为，以"演出季"的活动形式，为党的百年华诞放歌礼赞，丰富了居民群众的文化生活。

|扫码参观|
东华园社区

马鞍山村的日子比山葡萄还甜

提示

TI SHI

▽

2019 年 7 月 15 日，习近平总书记来到内蒙古自治区赤峰市喀喇沁旗河南街道马鞍山村，同来自赤峰市的 10 名基层干部群众代表围坐在农家院里，问变化、话成就、谈发展。总书记指出，产业是发展的根基，产业兴旺，乡亲们收入才能稳定增长。

牢记总书记的嘱托，马鞍山村坚持走"生态立村、产业富村、旅游强村"的发展道路，老百姓干劲十足，山村面貌焕然一新。

守护生态林

汽车行驶在整洁平坦的柏油马路上，道路两侧的路灯柱上悬挂着红色展板，村口矗立的巨幅照片墙上写着："2019 年 7 月 15 日，总书记来到咱们村！"这里就是内蒙古自治区喀喇沁旗河南街道马鞍山村。

6 月 28 日，在马鞍山林场，记者见到了在这里工作 20 多年的营林区主任王一凡。2019 年 7 月，习近平总书记走进林场同护林员们交流，王一凡也在其中。

王一凡告诉记者："总书记十分关心生态文明建设。考察时，总书记说，中国是世界上最大的人工林贡献国。这么大范围持续不断地建设人工林，

▲ 记者金珂含（右）在林场采访

只有在我国社会主义制度下才能做到。"

马鞍山林场占地 11 万亩，下设四个营林区，分布在三镇一乡两个街道。王一凡说，这些年，马鞍山林场着力进行绿化补植、封山育林，主要种植油松、樟子松和落叶松，森林覆盖率不断增高。马鞍山林场真正实现了"采伐—停伐—保护"的转变。随着环境的不断改善，林场内的野生动物也日益增多。人与自然在这里和谐共生。

同时，林下经济也得到了长足的发展，老百姓到林场采摘蘑菇、野菜、榛果等山货再出去售卖，从而获得直接的经济收益。山青了、水绿了、天蓝了，林场的发展也推动了旅游业的兴旺，来游玩体验的各地游客络绎不绝。

王一凡说："我们牢记总书记的嘱托，从 2019 年开始持续增加造林项目，包括林间空地的补植补造，见缝插绿，让我们的绿水青山更能产金出银。"

"总书记还专门询问我们有没有经济林。我们告诉总书记，全旗有 11 万亩经济林，山下的山葡萄就是。"王一凡自豪地说。

山葡萄富了全村

在马鞍山村考察期间，习近平总书记同基层干部群众代表座谈交流。

座谈期间，习近平总书记指出，产业是发展的根基，产业兴旺，乡亲们收入才能稳定增长。要坚持因地制宜、因村施策，宜种则种、宜养则养、宜林则林，把产业发展落到促进农民增收上来。

▲ 记者金珂含（右）与村民在葡萄地里

为此，马鞍山村锚定目标，坚持"生态立村，产业富村，旅游强村"的发展理念，依托山葡萄种植和乡村旅游两大主导产业，运用"菜单式"扶贫和扶强带贫模式，实现了产业扶贫全覆盖。

其中，山葡萄种植带动贫困户 33 户 75 人，覆盖全村农户 248 户。

为什么选择种植山葡萄呢？原因从马鞍山村的基础产业说起。驻村工作队队员张鑫告诉记者，马鞍山村地处北纬 41 度左右，耕地大多为山坡旱地，昼夜温差大、光照时间长、土

▲ 记者金珂含（左）与村民在牛棚前

壤有机质丰富，特别适合种植山葡萄。

"2000 年，村里开始种植山葡萄，当时主要卖给外面的酿酒厂。苦于种植规模小、产销分离，咱们的山葡萄虽好，价格却低。"张鑫说。

近年来，为了做大做强山葡萄产业，由村党支部领办合作社，村党支部书记带头搞试验，引领群众发展山葡萄 3500 亩，并牵头创办了 2 家山葡萄种植专业合作社，吸收社员 370 户，实现了种苗、管理、农资、防病、收购、价格"六统一"，合作社与酒厂直接对接，壮大了村级集体经济。在加工和销售环节上，蒙野、蒙鸿 2 家葡萄酒厂组建了产业联合体，采用种植、加工、销售一体化发展产业模式，保护价收购农户山葡萄，延伸了产业链，稳定了销售链。

张鑫说，全村多数村民家中都种植山葡萄。如今，全村 3500 亩山葡萄亩产可达到 1000 公斤，每亩纯收入逾 5000 元。

村民张国利告诉记者："我家从 2017 年开始种山葡萄，2020 年卖给村里酒厂一共赚了 2.6 万元。一开始葡萄产量上不去，后来产量好了，销路又打不开，现在有专家给上技术课，自己摘完葡萄直接送到酒厂，非常方便，收入也稳定。"

路越走越宽

除了山葡萄产业，乡村旅游也是马鞍山村实现经济发展的主要抓手。

马鞍山村成立了旅游公司，开设了旅游专线，为村级集体经济注入新动力。

现在村里的农家乐和民宿越来越多。村民王子成经营着一家名为"大美马鞍庄园"的农家乐。王子成告诉记者，他家的农家乐越来越红火了，"2020 年我家接待了将近 6 万人，毛收入能有 100 多万元。我们农家乐做起来以后，需要的人手也多了。厨师、服务员都是咱村的村民，带动了就业，大家不用出去打工了。我们买的菜都是从本村的村民手里买，也让大伙儿增加了收入。"

游客多了，马鞍山村的人居环境也在持续改善。习近平总书记考察时指出："乡村振兴了，环境变好了，乡村生活也越来越好了，要继续完善农村公共基础设施，改善农村人居环境。"

记者了解到，近年来，马鞍山村逐步加强村内基础设施。推进危房改造，开展绿色植被二次种植，同时安装路灯、硬化街巷、实现户户通水泥路。并且完善党群服务中心、标准化卫生室、便民连锁超市、文化活动室等，还建设了两处村民活动广场，群众生活质量得到明显改善。马鞍山村还入选了"中国乡村旅游模范村"名录，2019年被评为"国家森林乡村""乡村治理示范村"。

生态好，产业旺，人民生活幸福。2020年，马鞍山村人均可支配收入达到15450元。从贫困无名的小山村，到如今的文明村、示范村，马鞍山村的"生态立村、产业富村、旅游强村"发展之路定会越走越宽阔。现在马鞍山村的老百姓干劲十足，山村面貌焕然一新。

行记
XING JI

爱心超市

在内蒙古自治区喀喇沁旗河南街道马鞍山村村民委员会的大院里，有一间格外引人注目的小屋，小屋的门上悬挂着"河南街道马鞍山村爱心超市"（以下简称"爱心超市"）的蒙汉双语牌子。这里是村里为了提升全村文明水平，激励村民发挥勤劳致富的主观能动性，改善村内环境，助推乡风建设所设置的。

爱心超市采取积分兑换的原则，由村委会负责印制发放积分卡，村民可以通过捡拾有害垃圾获取积分。不同的垃圾分为不同大类，赋予不同的分值。比如：废电池类中一块5号电池积2分；废包装物类中一个农药瓶积2分；甲醛类中一桶油漆或漆桶积5分……驻村工作队队员张鑫告诉记者，习近平总书记考察调研时，了解了爱心超市的积分卡管理机制，"总书记很感兴趣，问得很细，还仔细了解了积分方式和物品来源。"

爱心超市中可兑换的物品以生活类用品为主，种类丰富，应有尽有。大到米、面、油、棉衣、棉被，小到牙膏、牙刷、香皂、水盆，等等。在村民积极参与环境保护，兑换积分的同时，社会上也有许多企业给村里的爱心超市捐款捐物。

村民参与爱心超市兑换积分活动的热情很高，村里的环境也持续变好。村民马金波告诉记者："我跟妈妈平时下地干农活时，也会顺便捡一些农药瓶。家里攒了不少，爱心超市的积分兑换是一个月一次，我就等着这个月来兑换呢。"

爱心超市将政府、帮扶单位、爱心企业与个人的善举汇聚在一起，在帮助贫困群众、改善村风村貌，以及增强村民的幸福感等方面发挥了积极作用。

▲ 马鞍山村委会大院

 关 键 词　疫情防控

 实地采访　湖北省武汉市

武汉的人民是英雄的人民

提示
TI SHI
▽

2020 年 3 月 10 日，习近平总书记赴湖北武汉东湖新城社区，看望居家隔离的社区群众，实地了解社区疫情防控、群众生活保障等情况，对社区群众和防控一线工作人员表示慰问和感谢。

时隔一年，当记者来到武汉采访，这座城市已经复苏。东湖新城社区里的生活一切如常，外卖小哥的电动车穿梭在城市里，东湖樱花园里的游客纷至沓来……

守护这里

3 月 10 日一大早，武汉市东湖新城社区党委书记陶久娣与社区工作人员就开始忙碌起来。"一年前的今天，习近平总书记到我们社区调研。总书记那一句'你们辛苦了'，勉励了我们所有奋战在一线的工作者和志愿者们，我们深受感动，备受鼓舞。"陶久娣说。

东湖新城社区是武汉抗疫期间的"无疫情小区"之一，社区网格员陈玲告诉记者，"无疫情"的秘诀就是所有一线人员夜以继日、不休不眠的付出。

陈玲带领记者在"新城战疫文化活动室"内参观。"你看到的这个菜包

就是当时我们每天都派送的。"陈玲说，疫情非常严重的时候，所有居民都隔离在家中，居民生活的物资都是由社区工作人员、下沉党员和志愿者来保障的。对于一些高龄、独居或者特殊老人，志愿者会根据他们的需求采买食品和药品，直接送到家门口。"那时候，我每天手机不停地响，不光要保障居民的生活，还要安抚居民的情绪，开导他们、鼓励他们。"陈玲说。除了网格员的身份，陈玲还有一个更重要的身份，那就是一名4岁宝宝的妈妈。"说实话当时压力还是挺大的，也很累，除了社区的工作，还要照顾孩子，做家务。孩子总会问我，妈妈你怎么每天都不回家，不陪我玩儿？我当时心里真的挺难受的。"后来，孩子渐渐了解了妈妈的工作，"有时候孩子会跟其他的小朋友说，我妈妈是网格员，你们发烧了要跟我妈妈说哦！"陈玲充满笑意的眼神中，还带着几分自豪。

抗疫能够取得胜利，除了广大一线人员的付出，也与所有的老百姓分不开。回忆起习近平总书记来到社区慰问的场景时，东湖新城社区居民汪莉难掩激动的心情。她说："总书记当时就经过我家楼下，他冲我们挥着手

▼ 东湖新城社区

说：'坚持就是胜利。请大家再坚持一下！'当时我心情非常激动，楼里的邻居也在喊着武汉加油。我们就觉得一下子有了力量，更加想要配合社区、配合国家，把疫情赶快渡过去。"

其实，像汪莉这样居家配合疫情防控的居民还有千千万万。

老计的心愿

民警、志愿者、社区工作人员都在为武汉尽一分力的时候，成千上万的普通老百姓能做的是什么呢？待在家里，配合工作，就是他们能作出的最大贡献。

当城市按下暂停键，还有什么能支撑着这座城市有序运转呢？是快递小哥、外卖小哥、司机大哥……他们是这个静止世界里一个个流动的希望。

老计现在已经是武汉的一名网红外卖员了。抗疫期间，老计每天在微博更新封城后的武汉生活，引起广大网友的关注。那时的他是全国人民关注武汉的一双眼睛，网友想通过他的更新，了解武汉的最新情况。

本来老计是想春节留在武汉多跑一些单挣点儿钱的，但是一切都来得太快了。短短几天武汉封了城，医生只能吃泡面，老计在家里一遍又一遍地刷着视频，他坐不住了，他想出去做点儿什么。

"除夕一过我就开工了，第一单去了武汉大学中南医院，第二单是武昌医院，都是发热病人收治点。"老计说，其实大部分外卖员当时不敢去医院，"但是我不觉得害怕，也不是说不害怕，应该说是工作时没有时间去害怕。我只是觉得我做的是对的事，是有意义的事。后来，我在微博上被很多网友关注，大家的留言给了我很大的鼓舞。"记者从老计的身上感受到了荆楚人的那股侠义之气。

"渐渐的这个工作就停不下来了，因为人每天都要生活，如果我明天不工作了，那找我的人就拿不到新鲜的菜和药，你没办法停下来。"老计说，"其实穿着这身明亮的衣服走在曾经繁华，现在却空荡荡的街上，心里真的不是滋味。我们就像摆渡人在街上疾行，人们在家里向外张望的时候看到我们还在，心里可能有一点安慰，所以我觉得，让大家看到我们在工作这件事本身就很有意义。"

将武汉的日常发布在微博上，变成了老计的责任，微博上也有不少粉丝私信他。有个女孩向他求助说，自己咳嗽了，正自我隔离，很无助很害怕。老计不知道该怎么安慰她，就把她的求助信息发上了微博。全国各地的网友看到后纷纷发来鼓励和支持，老计截了图发给女孩。他不知道自己该说什么，就出门帮女孩买了药，送到她小区楼下。

无数像老计一样的外卖小哥帮助了无数的家庭。在外人眼中，当时的武汉是座空城，但在他们的眼中，每一扇房门背后都是一个个活生生的生命，他们都在等着武汉一天天变好。直到有一天，老计骑着车在太阳底下晃悠，发现一家开着的店有新鲜的热干面可以吃，他钻进去吃了一大碗的时候，他知道，从前的武汉真的回来了。

又见樱花

"相约春天赏樱花，我在武汉东湖等你"。这是东湖樱花节对全国人民的邀请。

三月来暖阳复，东湖的樱花如约而至。作为"世界三大赏樱胜地"之一，2021 年的武汉东湖樱花节吸引了数百万的游客前来参观游览。

79 岁的刘敏珍老人是武汉本地人，樱花节期间，她自己一个人带着相机来到东湖樱花园赏花。"2020 年的这个时候根本不敢想这么快就能来看樱花。"刘敏珍说，"感谢党和国家带领我们渡过难关。看到这么多人又能来武汉玩儿了，我心里就是两个字，舒服。"

郭朗晴在武汉大学读研究生，她带着男朋友一起来看樱花。郭朗晴说："我读研一，之前是在新闻里关注武汉，开学了第一次来到这里。这几天逛了很多商场、步行街，看到这么多人，觉得武汉现在的状态真的比我想象的要好得多得多。"

除了本地人和个人游客，也有不少团体来到东湖樱花节，宜信博诚江

▲ 2021 年的武汉东湖樱花节吸引了数百万游客前来参观游览

西分公司一个近十人的旅游团就是其中之一。公司负责人告诉记者："我们专门组织员工到武汉旅游。看到总书记带着党中央的关怀亲自来到武汉，为武汉的人民加油，我们也特别想让武汉赶紧好起来。我们想来看看复苏后的武汉什么样，为武汉经济发展作一点贡献。"

樱花园附近的一家商店里，苏老板正与家里的孩子玩耍，提到 2020 年的经营状态，他说："那时就是在家里吃老本，上有老下有小，很多货都积压在手里，说实话挺艰难。好在我们挺过来了，解封之后政府给了个体经济一些扶持政策，我们非常感激。现在游客逐渐多了，生意也好起来了。"

武汉是一座包容的城市，经历过这样一次考验之后，更是一座团结的城市。所有人都在向前看，所有人都在向上走，他们用自己的脚步带动起这座城市的节奏，这里的人民是英雄的人民。

东湖新城社区里的生活一切如常，外卖小哥的电动车重新穿梭在城市里，东湖樱花园里的游客纷至沓来，这就是今天的武汉，是我们当年那么想要看到的武汉。

战"疫"记忆

"新城战疫文化活动室"里收藏着属于东湖新城社区的独有记忆。

整个活动室以红色为主色调，走进活动室，映入眼帘的是一面照片墙，一张张珍贵图片定格着志愿者与社区居民携手抗疫的瞬间。

照片墙下方的展示柜里陈列着抗疫期间社区工作者使用的出入登记表、体温枪、护目镜等防疫用具。登记表上的每一页内容都是东湖新城社区的抗疫记录。

活动室内摆放着一个电子互动屏，屏幕上播放着2020年3月10日习近平总书记到东湖新城社区考察的画面。社区网格员陈玲告诉记者："总书记在社区党群服务中心前跟大家座谈，给我们带来了极大的鼓舞与支撑。"

另一处电子互动屏滚动展示微信群留言，一位昵称为"16-3-401"的居民说："东湖庭园的社区工作者、志愿者和居民都是最棒的！"这个微信群有469人，里面满载着居民对社区党员、物业管理人员和志愿者的感谢。社区党委书记陶久娣说："我们工作的目的就是为了服务群众、服务居民，这些都是我们应该做的。"

活动室的文化墙上展示着习近平总书记2020年4月8日给东湖新城社区工作者的回信。一年来，东湖新城社区在做到疫情防控常态化的基础上，进一步推进网格化管理，不断丰富群众的业余文化生活，真正做到了发扬连续作战作风，抓细抓实疫情防控各项工作，用心用情为群众服务。

东湖新城社区的这间战疫文化活动室不仅是疫情期间东湖社区疫情防控工作的写照，更是武汉每一个社区、每一位一线工作者、下沉党员、基层民警和志愿者的缩影。

|扫码参观|
新城战疫文化活动室

关 键 词　疫情防控

实地采访　湖北省武汉市

以这样的方式
接受一次精神洗礼

提示
TI SHI
▽

2021年3月，《辽宁日报》主题策划《人民至上》报道组启程奔赴全国各地。这次行进式的大型采访持续近四个月，以"九〇后"记者为骨干的全媒体采编团队，兵分四路，行程逾十万公里，实地踏访近百处重要遗址遗迹、展陈场馆和村镇，采访专家学者和普通群众超过千人。四期特刊包含逾20万文字、上百张图片以及数百分钟视频，我们谨以这份沉甸甸的成果，向党的百年华诞致敬！

数读
SHU DU
▽

报道组 分 **4** 路　全国 **17** 个 省、自治区、市实地踏访　行程 逾 **10** 万 公里

采访遗址遗迹 近 **100** 处　采访专家学者群众 近 **200** 人

｜扫码浏览｜
"百年"频道

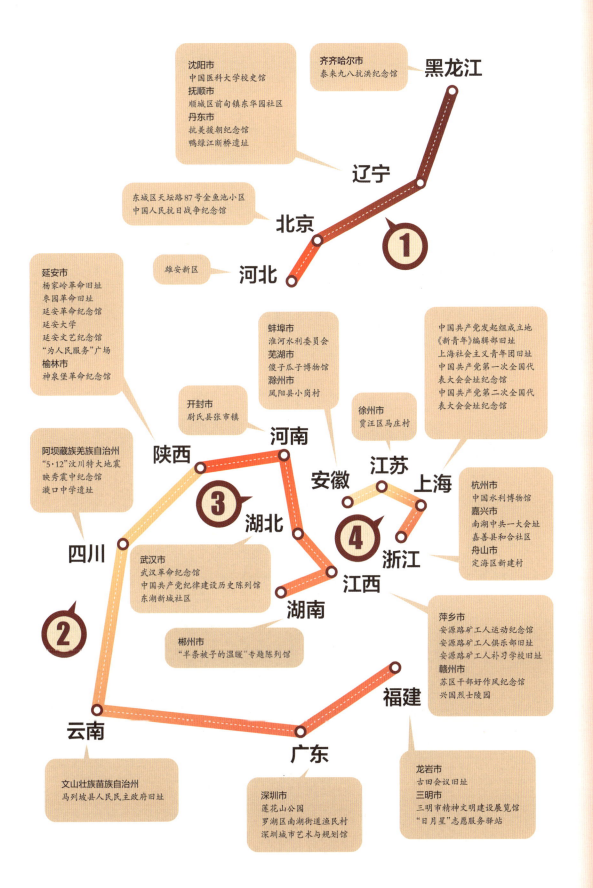

沈阳市
中国医科大学校史馆
抚顺市
顺城区前甸镇东华园社区
丹东市
抗美援朝纪念馆
鸭绿江断桥遗址

齐齐哈尔市
泰来九八抗洪纪念馆

黑龙江

辽宁

东城区天坛路87号金鱼池小区
中国人民抗日战争纪念馆

北京

①

雄安新区

河北

延安市
杨家岭革命旧址
枣园革命旧址
延安革命纪念馆
延安大学
延安文艺纪念馆
"为人民服务"广场
榆林市
神泉堡革命纪念馆

蚌埠市
淮河水利委员会
芜湖市
傻子瓜子博物馆
滁州市
凤阳县小岗村

中国共产党发起组成立地
《新青年》编辑部旧址
上海社会主义青年团旧址
中国共产党第一次全国代
表大会会址纪念馆
中国共产党第二次全国代
表大会会址纪念馆

开封市
尉氏县张市镇

徐州市
贾汪区马庄村

河南

江苏

陕西

安徽

上海

阿坝藏族羌族自治州
"5·12"汶川特大地震
映秀震中纪念馆
漩口中学遗址

③

杭州市
中国水利博物馆
嘉兴市
南湖中共一大会址
嘉善县和合社区
舟山市
定海区新建村

四川

湖北

④

武汉市
武汉革命纪念馆
中国共产党纪律建设历史陈列馆
东湖新城社区

浙江

②

江西

湖南

萍乡市
安源路矿工人运动纪念馆
安源路矿工人俱乐部旧址
安源路矿工人补习学校旧址
赣州市
苏区干部好作风纪念馆
兴国烈士陵园

郴州市
"半条被子的温暖"专题陈列馆

福建

云南

广东

文山壮族苗族自治州
马列坡县人民民主政府旧址

深圳市
莲花山公园
罗湖区南湖街道渔民村
深圳城市艺术与规划馆

龙岩市
古田会议旧址
三明市
三明市精神文明建设展览馆
"日月星"志愿服务驿站

以青春视角致敬百年

　　创新宏大主题的宣传，需要不断更新话语体系和表达方式，特别是在互联网场域中，更要善于运用青春化的视角，让历史鲜活起来，让思想澎湃起来。为此，《辽宁日报》为10位"九〇后"记者量身打造了一款视频产品《请回答1921—2021》。

　　这10位记者的"新闻龄"不长，但创造力很强。他们兵分四路，在上海、江西、湖南、陕西、云南、安徽、浙江、北京、黑龙江、河北、辽宁、湖北等地采访，策采编发全链条独立担纲。一路上，他们用青年的思想去感悟百年党史，用年轻的目光去注视新时代的中国，在行进中接受精神洗礼，在踏访中感知初心使命。13集短视频，每一集都有一段动人的故事，每一集都是一次青春的成长。

　　2021年6月30日，《请回答1921—2021》正式上线，主创人员还组成了线下宣讲团，走进学校、厂矿、社区等基层单位"开讲"。他们面向广大党员干部群众特别是青年群体，讲述重走党史路的所见所闻所知所感。他们，有的入选省直机关青年干部宣讲团，有的走上"全国好记者讲好故事"的总决赛舞台。作品还获评2021年度"全国基层理论宣讲优秀微视频"，受到中宣部表彰，为我省党史学习教育凝聚青年力量、释放青春正能量做出了特殊贡献。

听！这是他们的回答……

"什么是共产党？共产党就是自己有一条被子，也会剪下半条分给老百姓的人。"这是《请回答1921—2021》中"半条被子"故事里的一句话。

《请回答1921—2021》是辽宁日报为献礼建党百年拍摄的系列vlog，视频的作者们是10位"九〇后"记者。2021年3月，他们从沈阳出发，去往全国各地重走党史路。这些vlog不仅是他们一路上点滴的记录，也是他们作为青年人对于学习党史最真挚的反馈。

该系列于6月30日全网推出，到7月12日截止，共13集，总时长65分钟。10位记者跨越22万公里，奔赴14座城市，用青年人的视角，踏访红色记忆的源头，带着信念与敬仰找寻心中的答案。视频线上播放效果可观，反响热烈，全网播放量超100万。

当《请回答1921—2021》系列vlog走进辽宁高校时，受到了高校师生们的追捧。辽宁大学广播影视学院辅导员韩虓向记者表示，看完《请回答1921—2021》后他很受启发，这种年轻人视角拍摄视频的形式可以运用到他们

▼ 记者金珂含（中）听讲解员讲解广场历史故事

◀ 左起：陈博雅、黄瀚博、刘璐、刘明昊、
刘芋彤、孙明慧、韩卓航、赵婷婷、
金坷含、辛垚

的党史教育和班团主题活动里，不仅能调动学生们的积极性，还能与更多的学生产生共鸣，教育效果更佳。

辽宁大学的学生们观看后也感慨纷纷。播音主持艺术专业的大一新生潘琪对记者说："看了《请回答1921—2021》和看了《觉醒年代》的感觉一样，很想进一步去了解、学习党史。"另一位同学刘峭伊说："我印象最深刻的是《我们好像来过武汉》这一期。2020年正是我参加高考的时候，当时高考延期，我一边紧张备考，一边关注武汉疫情，这段影片让我想起了那段时光。"

在东北大学，《请回答1921—2021》展播结束后，有多名同学找到记者，表示自己正在学习党史，这些视频给了他们很多启发，很想下载下来日后反复观看，这种娓娓道来的视频叙事方式也正是他们要学习的。

《请回答1921 2021》系列vlog在多所高校收到热烈反响的同时，线上网友互动热情同样高涨。有网友留言表示，看完这个系列后更加深刻地体会到了党和人民的鱼水情深。那句"江山就是人民，人民就是江山"，是党对百姓最真诚的守护与承诺。

《请回答 1921—2021》
试映会

2021 年 5 月 6 日下午，《请回答 1921—2021》试映会暨辽宁百所高校党史诵读活动在沈阳工业大学举行，现场 200 余名师生共同观看了三段《请回答 1921—2021》vlog 影片。辽宁日报 3 名"九〇后"记者现场分享了采访心得，引发现场师生的热烈反响与共鸣。

随后，沈阳工业大学研究生党史宣讲团成员诵读了红色经典诗词，激昂的诗句在会堂回荡。2020 最美高校辅导员、沈阳工业大学建筑与土木工程学院党总支副书记李青山诵读了一封红色家书，带领大家一同见证革命时期的伉俪深情。活动最后，沈阳工业大学青年思政课教师贾德辉、石宗鑫针对学生们的现场提问，就同学们关切的党史问题进行了详细解答。

校党委书记刘自康介绍说，百年党史就是一部追求真理的思想史、实现复兴的自信史、永葆先进的革命史、为国为民的奋斗史，沈阳工业大学

▲ 金珂含　　　　　▲ 刘芊彤　　　　　▲ 孙明慧

▲《请回答 1921—2021》试映会

始终把党史学习教育与立德树人战略任务相结合，强化四史教育，引导广大师生听党话、跟党走，办好中国特色社会主义大学，育好担当民族复兴大任的时代新人。全校上下将以党史学习教育为契机，悟思想、办实事、强队伍、开新局，为建党 100 周年献礼。

《请回答 1921—2021》系列 VLOG 影片由辽宁日报 10 名"九〇后"记者共同创作完成。在中国共产党建党 100 周年来临之际，10 名刚刚参加工作的青年记者带着使命与信仰，追随先辈足迹，重走红色征程。

扫码观看

辽宁日报《请回答 1921—2021》试映会
在沈阳工业大学举行

▲ 孙明慧代表主创团队讲述采访故事

1921—2021
请回答

2021 年是我成为记者的第四年，我接到了一个让我兴奋的任务，《辽宁日报》献礼建党百年主题策划《人民至上》。

我们团队里有 10 位"九〇后"记者。选择我们，我们就要用年轻人的视角去看党史，把最真实的感受写出来，在这项策划中，有一组为我们 10 位"九〇后"记者量身打造的系列 vlog《请回答 1921—2021》。

从 2021 年 3 月开始，近百天的时间，我们马不停蹄地走遍了全国 17 个省市，行程 10 万多公里。带着问题出发，去寻找答案。

我的同事金珂含她想提问的是江西兴国县。兴国被誉为烈士第一县，苏区时期，全县 23 万人口中，参军参战达 9.3 万人，占青壮年的 80%，而捐躯的烈士有 5 万多名，其中一万两千多名战士牺牲在长征途中。

肃穆的兴国烈士陵园里，在一眼看不到边的英名碑廊下，金珂含读着他们的名字，谢长玖、谢长洪、谢茂传、谢茂禄、谢茂澄，这不是姓氏笔画的排序，而是一家人啊！

都牺牲了！

她特别想问问当年谢家的母亲、妻子，送他们上战场的时候，你们有没有想过他们再也回不来了？她更想问问长眠在地下的谢家兄弟：为什么跟着共产党？

我的同事陈博雅用湖南沙洲村回答了这个问题。红军长征时期，3名女红军借宿在村民徐解秀的家中。见到徐解秀家连御寒的被子都没有，临走时，女红军剪开自己仅有的一床行军被，将半条被子留给徐解秀。这半条被子，徐解秀老人珍藏了一辈子。采访中，她的孙子朱分永说，奶奶生前总是念叨，什么是共产党啊？共产党就是自己有一条被子，也要剪下半条给老百姓的人。

离开沙洲村，陈博雅想提问的是陕西佳县。解放战争进行到最困难的时候，部队由于极度缺粮根本无法打仗。毛泽东同志请来佳县县委书记张俊贤，让他想想办法，能不能提供三天的粮食。张俊贤说："把最后的粮食挖出来，够吃一天；把地里的青玉米和谷子收了，还可以吃一天；剩下的一天，就把全县的驴和羊杀了！"

战斗打响了，佳县百姓的支前队伍拉着凑来的粮食，人民军队打到哪儿，他们就送到哪儿。

采访后，陈博雅跟我说，她终于读懂了"站在最大多数劳动人民的一

◀ 孙明慧参加全省好记者讲好故事大赛。

▲ 孙明慧参加央视好记者讲好故事特别节目

面"这句话的意义。

而我想提问的是黑龙江省泰来县。1998年，嫩江流域遭遇百年一遇的特大洪水，受灾人数之多，历时之长，世所罕见。在党和政府的领导下，泰来境内抗洪军民与惊涛骇浪展开搏斗，实现了安全转移20万群众无一伤亡的奇迹。

我成长在信息飞速发展的时代。非常震惊，在那个没有微博，多少人家还没有手机、小汽车的年代里，这样的奇迹是怎么创造的？

我走进了抗洪纪念馆里复原的帐篷和地窖子，看到了无数救灾官兵合力叠坝子、打桩子的照片，洪水不退，他们不走。

2021年河南发生的水灾再次牵动了全国人民的心，我们看到全国的救援队伍赶往灾区，也看到了无数爱心在网上传递。我像往常一样刷着微博，却没有以往看到灾难事件的那种恐惧，因为从泰来县采访回来，我的内心就有了一种力量，就像微博上的那句话：一个能出动十万军队救援的国家，一个因民众争相献血而造成交通堵塞的国家，永远不会被打垮。

这就是我们10位"九〇后"记者的2021采访故事。也许我们采访的视角和提问不十分成熟，可能我们的爷爷会特别淡定地告诉我们：孩子，那时，大家这样做，都很平常！

为什么那么平常？因为人心才是永远向前的力量。采访路上，年轻的我们与无数的青年相遇，他们来自浴血战斗、激情建设、奋进改革和伟大的新时代，他们追求的道理如果是不对的，他们又怎会为之付出青春和热血啊！

今天，赓续红色血脉的接力棒传到了我们这一代人的手里。四川森林火灾中牺牲的年轻消防员，奔赴武汉的"九〇后"逆行者，还有河南水灾，被泡肿了脚的救灾战士们，他们都给出了相同的答案：跟着党。

如果真的有一次提问的机会，我想问问 1921 年上海望志路和嘉兴南湖红船上的那些青年，你们想过 2021 年的中国是什么样子吗？那个觉醒年代的续集是什么样子？

我想告诉他们的是：我们现在的生活就是最好的续集。每个人都会有青春的激扬，强国路上有我们的梦想！我们会沿着你们的足迹，永远奋斗向前！

歌曲:《召唤》

远方的路深深回忆，盛开的鲜花年年想起，天上的云不愿离去，我们的心没有忘记！我们的心没有忘记！

|扫码观看|
2021 年中国记者节特别节目
好记者讲好故事：孙明慧

|扫码观看|
《听你说·听我说》
听听明慧怎么说